ギフテッド
～狼先生は恋をあきらめない～

例年、この地方は四月の半ば頃《ごろ》まで気温が一〇℃を下回るのに、今年は雪も積もらず、三月の終わりの今日、ジャケットなしでもいいくらいの陽気で太陽の光が降り注いでいた。

「暑いねぇ」と坂を上りながら、母が言った。「高そうな家ばっかり。さすがバイト代が高いだけあるわ」

今日は母に紹介してもらった家庭教師のバイトの顔合わせで、生徒となる子のお宅へと伺うことになっていた。その生徒というのが、母の上司の息子で、高校を中退した引きこもりなのだと言う。

「交通費って出るの？」

「今日はバスだったけど、この距離なら自転車で来れるでしょ」

つまりはもらえないということか。

「自転車乗ってると目立つんだよな」

「歩いても同じじよ」

取りつく島もない返答に祭《まつり》が不満を露《あら》わにすると、「やめなさい」と叱責が飛んできた。

「すぐ機嫌が出るんだから。イライラしたって表に出しちゃダメだからね」

「どうせわかりっこないさ」

生まれたときから見ている母ならまだしも、赤の他人が祭の機嫌を見破れるわけがない。

「それはそうかもだけど、失礼のないように」

「わかってる。バイト代のためだ。我慢する」

そういうことじゃないんだけどなあ、と呆《あき》れたように母がため息をついたところで、「露崎《つゆさき》さん」

とどこかから声がした。顔をぐっと上に向けると、豪奢な家のバルコニーから、白髪混じりの中年男性が手を振っていた。あれが部長らしい。五十過ぎだと母から聞いていたが、もっと年上に見えた。

「宇野《うの》部長」と母が言った。

「いかにも部長っぽい部長だな」

若干メタボ気味で、ゴルフにでも行きそうな服装だ。腕には金色の時計が嵌《は》められている。

「玄関開けるからちょっと待っててくれる？」

部長は忙《せわ》しなく室内へ引っ込み、それからすぐに降りてきて、祭たちの侵入を阻んでいる門扉を開けてくれた。門扉から玄関までの数メートルには、洋風の建物に似合ったバラや名前のわからないギラギラした花が植えられていて、祭は匂いの強さに顔をしかめた。

「やあやあ、よく来てくれた。君が祭くん？」

「はじめまして。露崎祭です。よろしくお願いします」

部長はじろじろと祭の身体を眺めまわして、「背が高いね」とどうでもいい感想を漏らした。多分、本当に言いたかったのはそういうことではないだろう。

「見た目はこんなのですが、突然襲いかかったりしませんので」

丁寧に祭が言うと、部長は少し言葉に詰まってから、笑った。

「君はK大の工学部なんだろう？　私も妻も国語や英語なら教えられるんだが、どうも数学は忘れてしまって」

「普段使いませんしね。長年使ってないと忘れるのは仕方のないことです」

大仰に同意すると、後ろから母の手が咎《とが》めるように尻を叩《たた》いた。

宇野の邸宅は、家の中も外観同様洋風の造りで、吹き抜けになっている玄関ロビーの真ん中には、立派な螺旋《らせん》階段が設置してあった。

祭と母はその階段横の応接間に通され、そこでしばらく待っていると、部長の奥さんが紅茶を持ってやって来た。部長より少し若い、四十代後半くらいの小柄な女性だった。物腰がやわらかく、まだ少女のような身のこなしは、豊かな暮らしの中で育ってきた人特有の匂いがした。

彼女は祭を見るなり、喜色めいた笑みを零《こぼ》した。

「こんにちは。宇野の妻です。家庭教師を引き受けてくださってありがとうございます」

握手を求められたので立ち上がって手を出すと、手の甲を撫《な》でるように触られた。この反応は、祭たちをマスコットか何かだと勘違いしているタイプだ。やたらとなれなれしく、祭たちに理解があるようなふりをして、実はまったく人間扱いしていないことに本人は気づいていない場合が多い。

いつまでも手を離そうとしないので困惑していると、「はじめまして」と、隣にいる母が祭を押し退《の》けて自分の手を差し出した。

「宇野部長にはお世話になっております。経理課の露崎です。このたびはうちの息子にお声がけいただきありがとうございます」

握手を終えると、母は菓子折りを渡し、それから訊《き》いた。

「それで、息子さんはどちらに？」

そう言えば、と祭は室内を見回した。祭が勉強を教えるはずの息子の姿はどこにもない。

部長と奥さんは母の質問に顔を見合わせ、それから立ったままのふたりに座るよう促した。

「勉強を教えるにあたって、約束してほしいことがあるんだ」

部長が重々しい口調で言った。

「はあ」と祭は頷《うなず》いた。

「まずひとつは、息子がどうして引きこもりになったか訊かないこと」

まあ、それは訊かれたくないだろうなと祭だって思う。元より、そんな不躾《ぶしつけ》な質問をする気はない。

「わかりました」

「それから、もうひとつは……」

言いかけて、部長はふっと視線をさまよわせた。

「いや、まあ、これはいいか。とにかく、息子はちょっとセンシティヴなやつでね。なるべく傷つけないでやってほしいんだ」

引きこもりになるくらいだから、センシティヴなのだろうと覚悟はしているが、傷つけない保証はない。何が平気で何に傷つくか、本人でないとわからない。ましてや今まで付き合いのない他人だ。それならいっそ勉強以外の話はしないほうがいい。そのほうがお互いのためになるだろう。そう考えて、祭は言った。

「はい。じゃあ、あまりプライベートな話はしないほうがいいですね」

ああ、と頷きかけて、だが部長は首を横に振った。

「いや、そこまで規制はしないよ。できれば友達になってやってほしい」

むずかしいことを言う。それでも、祭は頷くほかなかった。

「わかりました。引きこもりの原因は訊かない。傷つけないように仲良くする、ということで」

「バイト代に関しては露崎さんに言ってあったとおりだよ。教える教科だけど、全般的にお願いできるかな。配分は息子と話し合って決めてほしい」

「はい」

「じゃあ、息子を呼んできますね」

部長に言われる前に奥さんがぴょんと立ち上がり、応接間を出て行った。

「美人だし、気がきくいい奥さんですね」と母が言った。もちろん、それが嫌味だということに祭は気づいたが、部長は気づかなかったようだ。

「いやいや、小うるさい女房だよ。いつまでも子どもっぽくてね」

それからすぐにふたり分の足音が聴こえてきた。

引きこもりだというから、てっきり身なりにも気を遣わないもっさりとした子が出てくるのかと思っていたのに、奥さんに連れられて入ってきたのは、想像よりもしゃんとした見た目のきれいな男の子だった。

すっきりとした黒い短髪に、整えられた眉。思春期の割にニキビひとつない、つるりとした健康そうな肌。身長は一七〇くらいだろうか。一九〇を超えている祭からすれば小柄だが、まだ十六歳だと考えると、これから伸びる余地は十分にある。背筋もしっかり伸びていて姿勢がいい。これは学校へ行っていたとしたら、かなりモテる部類だっただろう。

ただ、残念なのは、彼がひどく不貞腐《ふてくさ》れた顔で視線を床に転がしていることだ。

「こんにちは」

祭が声をかけると、男の子は仕方なさそうに、ようやく視線を上げて祭を見た。特徴的な目をしていた。吊《つ》り目だが、大きさ自体が大きくて、まるで猫みたいだ、と祭は思った。そして目が合うと、祭の姿にびっくりしたのか、彼はあからさまに表情を強張《こわば》らせた。祭のような人間が来るとは聞かされていなかったのだろう。虹彩《こうさい》がじわじわと見開かれていく様子を、祭はなるべく怖がらせないように、口角を上げて見つめることにした。

「息子の哲平《てっぺい》です」と部長が彼を紹介した。

動けずにいる彼に、祭はもう一度会釈した。

「露崎祭です。来月から君の家庭教師をやらせてもらうことになりました。K大工学部の三年生で、構造生物学を専攻してます」

「……どうも」

数拍置いて、哲平がつぶやいた。高すぎず低すぎず、耳に心地よい瑞々《みずみず》しい声だ。

「見た目はこんなのだけど、怖い人じゃないから」と祭は部長に言ったことを繰り返した。

哲平は自分の両親に目を遣《や》ってから、「そういうことね」と口の中でつぶやいた。普通の人には聴こえないだろうが、耳のいい祭には聴こえてしまった。

何が「そういうこと」なのかわからないが、哲平の目は諦観めいた色を滲《にじ》ませていて、彼のお眼鏡にかなわなかったのだということはわかった。

「俺じゃ嫌だったかな」

苦笑して思ったことを口に出すと、哲平はすぐに「違います」と視線を祭に戻した。「怖いとか思ってません。宇野哲平です。よろしくお願いします」

先ほどのあいさつより丁寧に頭を下げ、哲平は少しだけ仏頂面をやわらげた。思ったよりも素直な反応だ。それでもまだ口角は下がっていて、吐き出したい想《おも》いを吐き出せないまま呑《の》み込むしかないような、複雑な心中が窺《うかが》えた。祭のよく知っている顔だった。

「こら、哲平。せっかく先生が来てくださったのに、そんな態度は失礼でしょう」

奥さんが叱り、哲平はばつが悪そうに唇を嚙《か》んだ。取り繕うのがまだまだ下手だ、と祭は微笑《ほほえ》ましく思った。笑っておいたほうが円滑にことが運ぶのに、彼はまだそのずる賢さを身に着けていない。

「そんなことはないですよ。人見知りが激しいんですよ。ね？　それに、俺だっていきなりこんな人が目の前に現れたら戸惑いますって」

こんな人、と自分を指差す。ちらりと視界に映った母が仏のような顔で静かに怒っていた。自分を卑下するな、と昔から何度も怒られてきた。だが、今は仕方がない。少しでも笑いに持っていかないと、空気が重い。

それに、本当に祭は哲平を失礼だとは思っていなかった。この年頃の子にはよくあることだし、数年前祭も通った道だ。抱えているものは違うが、自分たちはよく似ている。

「というわけで、哲平くん。最初は慣れないかもしれないけど、仲良くやっていこう」

哲平がわずかに顎を引いた。頷いたようにも、ただ下を向いただけのようにも見えた。祭が握手を求めると、恐る恐る、といったふうに手が伸びてくる。

――やっぱり怖いか。

祭はふっと微笑み、目の前の幼さを残した少年を見下ろす。当然の反応だ。こんなふうに異質なもの扱いされるのは、慣れている。

哲平の手を少し強引に迎えに行き、祭はしっかりとその手を握った。

きれいだけど、扱いづらそうな子だな、というのが、哲平の第一印象だった。


母から家庭教師のバイトをしないかと持ちかけられたのは、ちょうどカフェのバイトを首になったあとのことだった。

「次のバイト、なかなか見つからないんなら、どうかなって思って。祭、根気強いから勉強教えるのも得意そうだし」

夕飯の片付けをしている祭に向かって、コーヒーミルをぐるぐると回しながら、軽い口調で母は言った。

「誰の？」と祭は訊いた。あまり気乗りする話ではないが、その場の空気を埋める他愛のないお喋《しゃべ》りの一環として、訊かないわけにはいかなかった。おそらく母だって、本気で自分に頼もうとは思っていないはずだった。

「高校生……ではないか。楽《がく》と同い年の、」と母が言いかけたところで、ケトルが湯気を勢いよく吹き出しはじめ、祭は慌てる母を制してコンロの火を止めた。それとほぼ同時に、バタンッ、と乱暴に脱衣所のドアが閉められる音がした。楽の機嫌がまた悪いらしい。母が驚いて肩をすくめ、それから呆れたような顔で祭と目を合わせた。これだから反抗期は、とつぶやいてから、母は続けた。

「仕事でお世話になってる部長の息子さんなんだけどね。高校を中退しちゃって、引きこもってるらしいのよ。でも大学には行きたいからって、自宅で勉強を見てくれる人を探してるんだって」

来月高校二年生になる楽と同い年ということは、受験までまだ少し余裕がある。どのくらいの学力かはわからないが、高二レベルなら教えるには問題ない。

「引きこもり、ね」

「時給二千円、ワンレッスン三時間、週三日。なかなかいい条件だと思うけど」

「そうだな。時給二千円はかなりいい。一週間で一万八千円。一か月七万二千円」

かなりの好待遇だ。

だが、ひとつ引っ掛かることがあった。

母の上司なら、特殊な事情を抱えているうちの家庭のことは当然知っているはずだし、もちろん祭のことも知らないわけがなかった。

「それで、俺でも大丈夫って？」

話してるんだろ、と同じように軽い口調で投げかけると、母は「うん」とミルの蓋を開けて満足そうに頷いた。祭の質問に対する答えなのか、コーヒーの香りに対する納得なのか、あるいはそのどちらもなのか、いまいちよくわからなかった。

挽《ひ》き終えた豆が、香ばしい匂いをキッチンに撒《ま》き散らしている。母はペーパーフィルターにそれを乗せ、少し温度の下がったお湯を注ぎ入れた。匂いがさらに強くなる。

祭は茶色と灰色が混じった自分の手を見ながら、数日前にカフェの店長に言われたことを思い出した。

――確証もないし、君が悪いわけじゃないんだけど。お客様にああ言われちゃ、飲食店としては、ねえ？

法律違反だと食い下がったところで、店に迷惑をかけるだけだ。澱《おり》のように胸に溜《た》まっていく言葉を一拍のあいだに呑み込んで、祭は頷いた。それですべて終わった。頭を上げたとき、店長は申し訳なさそうに、だがどこかほっとした顔をしていた。それでも、彼は少しも悪い人ではなかったのだ。

しばらく、あんな思いはごめんだ。慣れていることだとは言え、立て続けに何度も経験したいことではない。バイトをせず脛《すね》をかじりっぱなしになるのは母に申し訳ないが、今回の件で祭は少し精神的に疲れていた。だから母が新しいバイトの話をしはじめたとき、断るつもりでいた。

「部長は俺の話を聞いたとき、どんな反応だった？」

母は思い出すように首をひねった。そして、ふーっと長く息を吐いた。

「向こうから祭の話を振ってきたの。誰かから聞いたみたいで、もしよかったら祭くんにうちの息子の家庭教師をやってもらいたいって」

祭が胡乱《うろん》な目を向けると、母は肩をすくめて「変な想像しないでよ」と煩わしそうに言った。

「デキてるとかそんなのじゃないから。でも部長の人格は保証するし、本当に教師役が見つからなくて困ってるみたいだったから」

――だから、俺でもいい、と。

少なくとも、端《はな》から知っていたのなら、それを理由に首にされることはないのではないか。祭のことを受け入れるつもりで向こうから話を持ちかけてきたのなら、あるいは。

そう閃《ひらめ》いて、祭は訊いた。

「どの大学を狙ってるんだ、その子」

「さあ。文系だとは聞いてるけど、詳しくは引き受けてからでいいかと思ってそこまで訊いてない」

「それもそうか」

「なに、あんた、引き受けてくれるの？」

正直、時給に心が揺れたのは事実だが、理由は別にある。単純に気づいたのだ。

家庭教師なら、不特定多数の目に晒《さら》されることもなければ、よく知りもしない客に難癖をつけられることもないのだ、と。

「向こうが俺で納得してるんなら別にいいよ。それに、家庭教師なら料理に毛が混じってたって文句を言われることもない」

祭が言うと、母は眉をひそめた。

「この前バイトを辞めた理由ってそれ？」

しまったと思ったが遅かった。母はケトルを置くと携帯を取り出して電話をかけようとしていた。

祭は「やめろよ」と半ば吠《ほ》えるように言い、それを止めた。

「いいんだ。店長が悪いわけじゃない。あそこのスタッフもみんないい人だった」

はじめは怖がられたり、その逆にやたらなれなれしくされたりもしたが、二か月も経《た》てば普通に接してくれるようになった。少なくともいじめはなかったし、居心地は悪くなかった。

「でも」

「母さん、飲食店は俺には不向きだった。それに気づいただけでもよかったんだよ。これで今後はバイトや仕事選びにも失敗しない。あと、一応これでも二十歳過ぎてるんだから、親に干渉されると正直言って恥ずかしい」

祭の言い分に、母は「それもそうか」と納得した様子で携帯をキッチンカウンターに投げ出した。

「でもね～、むかつくよね～」

「しょうがないだろ。店長も悪くない。でも俺だって悪くない。文句を言った客だって、多分、悪くない。すぐに俺と結びつけたのは短絡的だとは思うけど」

世の中にはどうしようもないこともある。だが、マイノリティである自分がそれを受け入れて、嚙み砕いて生きていったほうが、世界はスムーズに回るのだ。そういう仕組みになっている。駄々《だだ》をこねても仕方ないというのは、二十一年生きてきた中で、十分すぎるほど学んできた。

「そういう心の広いお人好《ひとよ》しなとこばっかりお父さんに似ちゃって」

「広くないよ。処世術だろ、こんなのは」

「おっとな～」

母がドリップを再開し、ポタポタとサーバーの中に色のついた液体が落ちていく。

「でもね、祭」

お湯を注ぎながら、母がまじめな声で言った。

「治らないくらいの傷をつけられたら、黙ってないでやり返すんだよ。我慢は美徳じゃないんだからね」

物騒な物言いに、何だよそれ、と笑おうとして、笑えなかった。祭が傷つくということは、自分を産んだ母も同じだけ傷つくのだと、思い出したのだ。

「わかってる」と祭は頷いた。「耐えられなくなったら、やり返すさ」

こぶしを握って、虚空に突き出す。まだらで毛むくじゃらの手が、視界に映った。

人とは似ても似つかない、獣の姿をした異形の子。

――先天性獣化症（コンジェニタルセリオモルフォシス、略称：ＣＴ）。

それが母のお腹《なか》の中にいたとき、祭につけられた病名だ。

健康な人間の両親から、何の前触れもなく突然全身が毛に覆われた子ども――俗に言う獣人が産まれるというこの病気は、医学が進歩した今でも原因が明らかにされておらず、難病のひとつに指定されている。

おそらくアルビノのような突然変異によって起こる先天性の遺伝子疾患であると考えられているが、人間の姿とはかけ離れた見た目に、病気の一種だと結論付けられた現代でも世界では差別や迫害が続いている。

日本ではマスメディアに取り上げられることも多く、獣化症がどのようなものか知らない人はいなくなり、表面上は受け入れられた社会になったとは言え、実際にその患者に会ったことのある人はまだまだ少ない。それゆえ、いくら教育が浸透しても、獣化症患者が人々の好奇の的になるのは仕方のないことだった。

祭ももちろん例外ではなく、生まれてこのかた、注目されずにいられた日はない。そして悩まずにいられた日も、同じだけなかった。

「はい、ブラック」

目の前に、コトンとマグカップが置かれる。コーヒーのいい香りが、嗅覚をやさしくくすぐる。

獣化症である祭の唯一の救いは、家族に恵まれたことだろう。目の前にいる母親も、今は反抗期の弟も、それから数年前に亡くなった父親も。みんなあたたかくて、自分にはもったいないくらいのできすぎた家族だ。

「ありがとう」

祭が言うと、満足そうに母が笑った。

四月に入り、今日から家庭教師のバイトがいよいよ始まる。

自転車で坂道を上っていると、すれ違う人たちがちらちらと祭を見る。耳のいい祭には「犬だ」と囁《ささや》き合う声が聴こえてくるが、それに「狼《おおかみ》だよ」と心の中で訂正しながらペダルを踏む。

宇野家の邸宅が近づいてくると、花の匂いがきつくなってくる。

門の前まで来て、自転車をどこに置いておけばいいのか訊くのを忘れていたことに思い至った。インターフォンを押して到着を告げると、哲平の母親が出てきた。相変わらず祭の容姿に興味津々といったふうで、頭の上から爪の先までぐるりと眺めたあと、満面の笑みを浮かべて言った。

「いらっしゃい」

「今日からお世話になります。あの、自転車で来たんですけど、置き場所ありますか」

「お世話になるのはこちらのほうよ。ああ、自転車はガレージにどうぞ。ちょっと待ってね」

そう言って彼女は一度家の中に引っ込むと、自動で開いたシャッターの奥から再び現れた。祭は高級そうな白のセダンの横に恐々《こわごわ》と自転車を置き、倒れないようにロックをかけ、案内に応じて玄関にある螺旋階段を上り、一番奥の南の角部屋へと向かった。そこが哲平の部屋だ。

「こんにちは」

ノックをすると、「はい」という平坦な声とともにドアが開いた。

「こんにちは。よろしくお願いします」

同じく平坦な声で頭を下げられ、祭は居心地が悪くなって尻尾を揺らした。それを、哲平の視線が追う。

「お茶をお持ちしますね」と哲平の母親が言い、階段を下りて行ったのを見届けてから、祭は訊いた。

「入っても？」

「当たり前じゃないですか。今日から俺の先生でしょう？」

怪訝《けげん》そうな顔で部屋の中へ入るよう促される。

「それもそうだ」

窓には薄い緑色のカーテンが引いてあり、入って右側には広めの木製ベッドと学習机、左側には天井まである本棚が並んでいた。ナチュラルウッドの床には毛足の長い芝生のような丸いラグが敷いてあり、家の中というより、デパートか何かの屋上につくられた緑化公園みたいな部屋だった。クッションもラグと同じ素材で、黄緑色だ。

「森林浴できそうな部屋だな」

「母の趣味なんです。俺が外に出ないから、せめて部屋の中で自然を感じろって」

哲平が眉間にしわを寄せて答えた。言ってはいけないことだったようだ。

「へえ。でも片付いてるし、居心地はよさそう」

「そうですか？」

「うん。汚い部屋だったら勉強どころじゃないじゃん。きれいでよかった」

「そうですか」と今度は語尾を下げて頷き、そしてきょろっと自室を見回して、思い出したように言う。

「先生用の椅子がないですね」

「さすがに立ちっぱなしじゃ疲れるか」

「次までに用意しておきます」

学習机以外にテーブルもない。立ったまま話すのもどうかと思い、祭はラグの上に腰を下ろした。

「まあまあ、座れって」とまるで自分のほうが部屋の主だとでも言わんばかりに、祭は哲平の裾を引いて隣に座らせた。哲平はしばらく居心地悪そうにしていたが、そのうち力を抜いて話を聞く姿勢になった。

「得意科目は？」と祭は訊いた。

「英語と生物です」と間髪いれず哲平は答えた。

「苦手科目は？」

「数学」

「入りたい大学は決まってる？」

そう訊くと、哲平は短い前髪を指で引っ張りながら、下を向いた。答えるのに少し時間がかかった。

「……遠くならどこでもいいです。ここを出たい」

祭は一度ドアのほうを振り返って、小声で訊いた。

「ご両親と仲悪いの？」

「いえ」と哲平はすぐに否定した。「やさしいです。ものすごく。でも、だから余計に自立しなきゃって思って」

「ああ、なるほど」

「露崎先生はひとり暮らしなんですか？」

――露崎先生。新鮮な呼び方だ。首元をくすぐられるような響きに、祭はついパタパタと尻尾で床を叩いた。その動きを、哲平のくりくりした吊り目が追った。

「いや、まだ実家にいるよ。大学も近いし、家を出る必要性も感じなかったから」

「そうですか」

「気になる？」

祭が首を傾けると、哲平も首を傾けて、眉尻を下げた。何と答えれば正解なのか、迷っているようだった。

「言っていいんですか」

「言ってもいいし、何でも訊いていいよ。俺は嫌だと思わない」

「だって、病気のことなのに」

病気、と言われて祭はそう言えばそうだった、と当たり前のことを思い出した。容姿以外のことで、今のところ日常生活に支障がないため、たまにこれが病気だということを忘れる。

「病気だけど、病気じゃない。健康だし、感染もしない。人種の違いだって思ってくれればいい」

祭が言うと、哲平は申し訳なさそうに瞬《まばた》きを繰り返した。

「俺、あんまり獣化症のこと知らなくて、すみません」

「ああ、違う違う。見た目ですぐわかることだから、そこまで慎重にならなくていいよってことだよ。気になるなら訊けばいいし、なんなら触ってもいい」

ほら、と祭がこん棒のような尻尾をぶおんと哲平のほうに持っていくと、哲平は顔をしかめて言った。

「人にベタベタ触るのはあんまり好きじゃないんです」

それを聞いて、祭は笑い出しそうになった。なるほど、初回の握手のとき怖がっているように見えたあれは、ただ単に人との接触に慣れていないせいだったらしい。少なくとも彼は、祭のことを珍獣扱いしていない。それがうれしかった。

「そっか。じゃあ、訊きたいことは？」

逡巡《しゅんじゅん》して、哲平は祭の目をじっと見つめた。少し会話をしたおかげか、警戒を解きつつある。どもったりしないあたり、人見知りでも上がり症でもないようだ。どうしてこんな子が引きこもりになるのだろう、と考えてみるが、よくわからない。いじめられるタイプにも見えないし、たとえいじめられてもこの顔だったら女子が放っておかないだろう。

「先生のCT型は犬ですか？」

「惜しいな。ニホンオオカミ。ま、ざっくり言ったら犬だけど」

犬の毛色にしては珍しいだろ、と祭が袖をまくって腕を見せると、哲平は「いい色ですね」と感心したように言った。「シベリアンハスキーかな、と思ってました」

「あれはこんなにまだらじゃないだろ。あ、でも冬毛と夏毛で少し変わるんだ。今はまだ冬毛。五月くらいになったら、もう少し茶色くなる」

「換毛期《かんもう》があるんですか？」

「獣化症患者にはよくあることだけど、色まで変わるのは珍しいかも」

「へえ、かっこいいですね、なんか」

うず、と哲平の手が自分の服の袖を摑《つか》んだ。触ってみたいのを我慢しているのだろうな、と祭は思って、「ん」と今度は尻尾ではなく腕を差し出す。

普段なら気安く他人に触らせたりしないのだが、きちんと人との距離を弁《わきま》えている哲平にはいいかなという気になった。遠慮して身を引かれると、追いかけたくなる。

「腕くらいならいいだろ。筋肉自慢と同じだと思って、ほら」

強引な祭に哲平が折れ、おずおずと手を伸ばした。男らしく節の張った長い指だ。そして祭の体毛に触れて、あっと小さく声を零した。

「思ったよりやわらかい」

「だろ？　自慢の毛並みだからね」

ふ、と祭が笑うと、哲平も笑った。それが、初めて見る哲平の笑顔だった。

笑うと三日月型になる目は、本当に猫そっくりで、もし哲平が自分と同じ病気なら、きっとＣＴ型は猫だっただろう。真っ黒な髪から連想するのは、豹《ひょう》のようなすらりとしたボンベイだ。

哲平を包む殻《から》みたいなものが剝がれた気がして、もう少し踏み込みたくなる。

だが、ちょうどそのときノックが響いて、紅茶を持ってきた哲平の母親がドアを開けた。哲平はすぐに表情を元に戻してしまい、母親が出て行っても殻の気配は薄まることはなかった。

一瞬だけ垣間《かいま》見《み》えた哲平の笑顔には、年相応の無邪気さがあった。何があったの、と訊いてしまいたい衝動に駆られるが、彼の父親と約束していたし、信頼関係も何もない今の状況で訊くには、それはいささかデリケートすぎる問題だった。

「授業の進め方、どうしようか」

祭は座ったまま身体を伸ばし、哲平の母親が机に置いたふたり分の紅茶をトレイごとラグの上に降ろした。祭が器用に紅茶を口に運ぶのを、哲平は興味深そうに眺めながら答えた。

「俺が教科書を読んでもわからなかったところを、先生に教えてもらうっていうのは？」

「予習大変じゃない？」

「大変ですけど、それくらいはやらないと」

「じゃあさ、俺が一週間ごとに範囲を伝えるから、その範囲を全教科予習しといて、わからなかったところを重点的に教える」

「それでいいです」

「哲平くんは文系だから、英国数と地歴・公民二科目と理科一科目か。選択はどれにするの？」

「理科は生物で、社会は政経と地理、ですかね」

哲平が窺うような目を向けたので、祭は「それでいいんじゃない」と答えてから、視線の真意に気づいて付け加えた。「大丈夫。政経はやってたし、地理もまあ、選択してなかったけど、できる。教科書を読めば……、なんとか」

言い訳のようにもごもご口を動かす祭から、哲平は視線を外してティーカップに手を伸ばした。

「地理は、暗記ですから。自分でなんとかします」

嘘《うそ》でも大丈夫と言い切ればよかった、と祭は後悔した。初っ端から頼りないところを見せてしまっては、教える側の威厳が損なわれかねない。こんな人に教わりたくない、と哲平が親に告げ口でもしたら、また首になってしまうのではないか、とひやりとしたものが背中を伝った。

「俺もがんばって勉強するから」

祭が姿勢を正すと、哲平は一瞬眉をひそめて、はい、と頷いた。

とりあえず、どの程度まで知識があるのかを確認するため、小テストをつくってきていた。机に向かわせると、一時間の制限を設けて、哲平にそれを解かせてみる。

「時間までに終わったら教えて」

差し出されたプリントを受け取って、哲平はシャープペンシルを握り直す。少し緊張しているようだったので、祭は机から離れてベッドに腰かけると、就活用の面接マニュアルを取り出してそれを眺めるふりをする。哲平が祭の本にちらりと視線を寄越したが、特に何か訊くでもなく、またすぐに机に向き直った。

カリカリと文字を書く音がしはじめる。時折詰まって、そのためらいもトントンと音になって聴こえてくる。

ああ、がんばっているんだな、と気配が伝わらないように祭はひっそり笑った。

哲平は姿勢がきれいだ。おまけにスタイルもいい。整えられたえりあしからすっと伸びた首は、太すぎず細すぎず、そこに小さめの頭がバランスよく乗っている。

美容院には行っているのかな、とふと疑問に思った。哲平は無愛想ではあるけれど、決してコミュ障ではない。家の外に出るには何の問題もないように思える。引きこもっているならもっとだらしのない格好でいてもいいはずなのに、哲平の身だしなみは前回も今回もきちんとしていて、もし引きこもりだと聞かされていなかったらきっとまったく気づかなかっただろう。

抑えていた好奇心が再び首をもたげ、どうして学校を辞めてしまったんだと訊いてみたくなる。だが、ストレートに訊くのはやはりダメだ。さりげなく探ってみるとか、いや、でも下手に傷つけでもしたら……などと悶々《もんもん》と考えているうちに、いつの間にか結構な時間が経っていた。

「あの」

哲平の声で我に返ると、彼はシャープペンシルを置いていた。時計を見ると、開始から二十分を過ぎたところだった。

「終わりました」

「もう？」

机に近づいて答案を見ると、確かに全部埋まっている。

「字、きれいだね」

やや右上がりだが、読みやすく整った字だった。弟の楽とは大違いだ。楽は壊滅的に字が汚い。たまに本人でさえ読めないときがある。

「そうですか？」

「うん。字がきれいなのは得だよ。採点する人にも印象がいい」

「関係なくないですか。答えが合ってるかのほうが重要でしょう？」

「そんなことないよ。少なくとも、俺の哲平くんへの印象は上がった」

「はあ」

どう返していいかわからないのか、哲平はあいまいに頷いた。祭は重ねて言った。

「それに、字がきれいな人と汚い人で同じ点なら、俺はきれいな字のほうを合格させる」

「そういうものなんですか？」

「多分？」

肩をすくめた祭を見て、適当なことを言っているのがわかったのか、哲平は胡乱げに目を細めた。冗談が通じない子だ。祭は咳払《せきばら》いをひとつしたあと、答案に丸をつけていった。祭の毛むくじゃらの手が器用にペンを持つのが気になるらしく、手元をじっと見つめられる。

「手の骨格は普通の人と変わらないでしょ。ちょっと爪は特殊だけど」

よくあることだし、話の種になるならと手のひらを広げて見せると、哲平は「いえ」と首を振った。

「先生の丸、きれいだなって思って」

——丸。

紙に視線を落とすと、確かに均一な形の丸が並んでいた。

「俺、丸のつけ方きれいだったんだ」

つぶやくと、哲平が不思議そうに首を傾《かし》げた。それにふっと笑って、「初めて気づいた」と言うと、哲平も少し笑った。

「丸のつけ方がきれいだと得ですよ」

「そうなの？　丸がついていればそれでいいんじゃないの？」

聞き覚えのあるフレーズに、おどけて返す。哲平が顎を上げて答えた。

「そんなことないですよ。俺の先生への好感度が上がります」

「パクられた」

抗議を示すように尻尾で哲平の背中を叩こうとして、でも届かなくて空を切る。会話が切れて、褒められた丸を書き込みながら、祭はそういえば、と訊きたかったことを訊くことにした。

「哲平くん、かっこいい髪型だけど、どこで切ってるの？」

あ、ここは間違ってる。チェックマークを入れて、次の解答へ。

「近所のアンっていう美容院です。いとこがやってて。先生は？」

「俺？　俺は切らなくても伸びたら勝手に抜けるし、ブラッシングで終わっちゃうから」

隣で、空気を食《は》む音が聴こえた。あ、やっちゃったな、と祭は鼻をひくつかせた。取り繕うように
「便利でしょ」と笑ってみせるが、哲平は笑わなかった。

「こういうとき、どう返せばいいかわからなくて」

まじめな顔で哲平が言った。

「コンプレックスって、誰にでもあるじゃないですか。俺、そういうのいじるの嫌で」

確かにな、と思う。確かにこれは、誰にでもあるコンプレックスのひとつだ。だが、祭は、それを必要以上に卑屈に思ったりしていない。知らない人にいじられるのと、哲平にいじられるのではニュアンスも違う。

「思ったことを言えばいい。言ってみて。嫌だったら嫌って言うから」

本当に？　と窺うように哲平が上目遣いになる。祭が頷くのを見て、おずおずと切り出した。

「あの、髪型を変えられないのって、嫌じゃないですか？」

予想外の問いに、ぶふっと鼻息が漏れた。哲平の眉間にしわが寄る。

「いや、まさか質問がそれだとは思わなくて。うん、まあ、いろんな髪型にできるのはうらやましいけど、生まれつきこうだから、今はもうなんとも思ってない。俺にとってはこれが当たり前だから」

「そうなんですか」

「でも代わりにめっちゃブラッシングしてる。だから毛並みいいだろ」

「ああ、確かに。思ったよりやわらかかったですね」

腕を触ったときの感触を思い出したのか、哲平が頷いた。

最後の解答に、きゅ、と丸をつけ終えて、哲平の前に置き直す。

高校一年の七月で中退したと聞いていたが、哲平の学力は他の生徒に比べてもそれほど大差ないようだった。習っていないはずの単元の問題も基礎は理解しているようだし、数学が苦手だと言っていたのになんだか拍子抜けだった。

「哲平くん、結構できてるね」

「基礎はなんとなくできるんです。でも、応用になるとむずかしくて」

「一番苦手なのが数学？」

「はい」

「じゃあ他はこれよりもできる？」

少し首をひねって、哲平は宙を見た。それから、慎重に頷く。

「今のところは。教科書の範囲なら大丈夫だと思います」

「頭、いいんだね」

「いえ、勉強しかやることないので」

視線が泳いで、自信なさげに下を向く。

コンプレックス、と祭は思った。さっきの哲平はこんな気持ちだったのか、と申し訳なく思う。

「いやいや、すごいよ。テレビやゲームだって選択肢にあるのに勉強を選ぶあたり、ぐっとくる。がんばってたんだな」

哲平の耳の端が、じわっと赤くなった。褒められて照れているのか、それともこの年頃だと努力を指摘されるのが恥ずかしいのか、わからない。そのまま無言になってしまった哲平に苦笑して、祭は教科書を広げた。

「苦手そうなところがわかったし、とりあえず今日は一年の単元の復習と応用をやろうか」

解説を交えつつ、哲平の場合は数をこなしたら何とかなるだろうと、問題をどんどん解かせていく。五十分ごとに休憩を取りながらだったが、三時間はあっという間だった。

「じゃあ今日はここまで」

きりのいいところで教科書と参考書を閉じ、明後日に教えるだいたいの範囲を伝えておく。

「俺の教え方、大丈夫だった？」

部屋を出る前、気になって訊くと、哲平はすぐに「はい」と返事をした。

「先生の教え方、わかりやすかったです。学校の先生より」

まっすぐな視線に、それが決してお世辞ではないことがわかった。うれしくて、尻尾が揺れた。

「そっか。それならよかった。次は英語と国語もやるから、ちゃんと予習しといてな」

「はい。……あ、先生」

玄関を出ようとしたところで、哲平が呼んだ。引き留められるとは思っていなかったので、驚いて振り返ると、「連絡先教えてください」と真顔で言われた。

「あ、そう言えば交換してなかったな。ごめんごめん」

スマホを取り出し、LINEの友だち承認を済ませると、哲平はスマホを見つめながら訊いた。

「わからないところがあったら、質問していいですか」

「いいよ、いつでも。勉強以外のことでも何でも訊いて」

勉強以外。含みを持たせた言い方に、哲平はちらりと祭を見た。だが、またふいっと爪先に視線を落として頷いた。

「……ありがとうございます」

ずいぶん間を空けて、礼を言われた。

懐かない猫はどうやったら懐くんだっけ、と祭は尻尾をパタパタと低い位置で揺らしながら、宇野家をあとにした。


家に帰ると、楽がリビングでテレビを見ていた。制服を着たままソファに寝転んで、アイスを食べている。

「楽、制服しわになるぞ」

「うっせーな」

小言に暴言が返ってくる。それからこちらを見もしないで、楽が続けた。

「ババアは残業あるからご飯いらねーって」

「あ、そう」

口の悪さを指摘しても一向に直らないので、いちいち注意するのも諦めてスルーする。反抗期が終われば治まるだろう。

冷蔵庫を開けると、使いかけのカレールーともらい物の明太子があった。

「カレーと明太子パスタ、どっちがいい？」

「カレー」

答えるには答えるが、手伝おうという気配はまったくない。宿題をしているならまだしも、テレビを見て笑っているだけの弟の言うことをどうして自分が聞かなければならないのだろう。イラッとして、祭は大鍋にたっぷりの水を入れて棚からパスタを取り出した。

「ええー、カレーって言ったじゃん」

パスタが茹《ゆ》で上がる頃にようやく気づいて、楽が文句を言った。

「手伝わないやつに文句を言われたくない」

「じゃあ訊くなよ」

「食べない？」

「食べる」

「じゃあ皿くらい出せ」

フライパンにバターと明太子を入れ、パスタを絡める。醬油《しょうゆ》も少し足して、皿に盛りつけたあと、きざみ海苔を載せた。

カレーじゃないと不満そうだったのに、それもすっかり忘れたような顔で楽がフォークを取った。祭が席に着く前に食べはじめ、バラエティ番組を見ながら笑っている。

「クラス替え、どうだった?」

今日は楽の高校は始業式だった。楽がうちに友達を連れて来たことはないし、どういう友達がいるのかも知らなかったが、昔から要領はいいのでそれなりに友達も多いのだろう。

「別に」

「勉強は?　ついていけてる?」

「……」

無視。都合が悪いことになると、いつもこうだ。祭はそれ以上何も訊かないことにして、黙々とパスタを口に運んだ。


「先生、こんにちは」

家庭教師二日目、宇野家に行くと母親ではなく哲平が門まで迎えにきた。自転車をガレージに置き、内扉からエントランスに出て、螺旋階段を上る。

「お母さんは?」と訊くと、哲平は「母親が出てくるの、嫌じゃないですか」と歳《とし》相応のことを言った。

「俺も高校生の頃はそうだったなー。今はもうなんとも思わないけど」

思春期の男の子は大変だ。過剰に親を嫌ったり、恥ずかしがったりして、邪険に扱う。祭にも身に覚えがあって、くすぐったさに苦笑が漏れた。しかし、哲平は、いえ、と首を振った。

「俺じゃなくて、先生が。毎回顔を合わせるの、面倒でしょう？」

そっちだったか。

「別に」と肩をすくめると、哲平はじっと祭を見つめた。

「何？」

「いえ、コーヒーと紅茶、どっちがいいですか」

「お気遣いなく。でもできればコーヒーがいいな」

「わかりました」

哲平の部屋は、居心地がいい。きれいに片付いているし、男子高生独特の汗臭さや余計な芳香剤もない。しかし、前回にはしていなかった削りたての木の匂いがすることに気づき、祭が部屋を見回すと、哲平の椅子の隣に、背もたれのない木製のスツールが置かれているのを発見した。真新しい匂いからして、祭のためにわざわざ買ってきてくれたのだろう。

新しく用意された祭専用の椅子に座り、その座り心地のよさに目を閉じていると、そこへコーヒーのいい香りが混じった。

「グァテマラだそうです。俺はよくわかんないけど」

「ああ、豆の種類だろ。コーヒーはうちの母さんも好きだから、わかるよ」

あまり嗜好品《しこう》にはお金をかけない主義の母だが、コーヒーだけにはやたらとこだわる。いつだったか理由を聞いたら、父さんが好きだったから、と寂しげな顔をされた。でも結局のところ、母もコーヒーが好きなのだ。豆を挽いているとき、母はだいたい鼻唄を歌っている。

「それと、椅子、ありがとう。背もたれがないから助かるよ」

「ああ、はい。先生はそのほうがいいかと思って」

「哲平くんが選んで買ってくれたんだ」

「まあ。通販だからクリックしただけですけど」

きゅっと唇を嚙みしめて下を向く哲平に、よく観察しているな、と祭は感心して目を瞬かせた。尻尾のある祭にとって、背もたれは邪魔になる。偶然かと思ったのに、哲平がそうと理解して選んでくれていたとは。

「やさしいな、哲平くんは」

「普通です」

「ううん。やさしい。もし自分で気づいてないのなら、少し自覚したほうがいい。そんなふうにナチュラルに他人のことを考えられる人間は、意外と少ないんだよ」

まじめな声で言う祭に、哲平は伏せていた顔を上げた。わざわざどうして念を押すように言うのかと、不思議がっていそうな顔だった。

わからないだろうな、と思う。祭の身体的特徴を、哲平が本当にただの特徴として捉えてくれたことが、そしてそれを何の衒《てら》いもなく口にしてくれたことが、どれだけ祭を喜ばせたのか。

祭はふっと目尻をやわらげて、言った。

「……始めようか、授業」

数学のときと同様に、英語と古文・漢文も小テストをする。英語は小さい頃習っていたらしく、会話文は解けていたが、単語がまだまだだ。古文・漢文は想像以上にできていた。

「古典好きなの？　ばっちりじゃん」

「本、読むのが好きで。去年、枕草子《まくらのそうし》を全部読みました。だから、ですかね。漢文は読み方さえわかれば似たようなものですし」

「教えることなくなったなあ。むしろ俺よりできるかもしれない」

国語はひたすら練習問題だな、と頭の中で比重を軽くし、数学と英語に焦点を絞る算段をする。

「生物と政経、地理はどうしようかな」

「社会科は暗記するんで別にいいです。だけど、生物はちょっと解説がほしいです」

「任せて。俺の専攻知ってる？　構造生物学っていうんだぜ」

ふんっとドヤ顔で胸を張ると、哲平は思い出したように目を見開いた。

「そういえば先生、理系でしたね。構造生物学ってどういうものなんですか？」

「やっと訊いてくれた。哲平くん、全然俺に興味なさそうだったから今ものすごく安心した」

「あ、すみません。そういうわけじゃないんですけど。俺、口下手だから」

「文系志望だしね。俺はタンパク質とかの立体構造を調べたりしてる。タンパク質にもいろいろ種類があって、それの解析が主な研究かな」

「はあ」

あいまいな相槌《あいづち》が返ってくる。確かに、文系にはよくわからない話かもしれない。

「まあ、ようは、人間とか動物の身体をつくる成分の解析って感じ」

「ああ、なるほど。むずかしいことを研究してるんですね」

「そう。ざっくり言うととてもむずかしいことだ」

ふ、と哲平が噴き出した。

「ふふ、すみません、自分の返答があまりに馬鹿《ばか》らしくて」

抑え切れない、と破顔する哲平に、祭も釣られてふふ、と笑う。

笑い終えたあと、哲平との距離が少しだけ近くなったように感じた。それは哲平も同じだったようで、あー、と意味のない声を出し、迷う素振りを見せた。祭と仲良くなることにためらいがあるようだが、笑い声を上げた時点でその迷いはもう無意味に等しい。

哲平は多分、本来はとても気さくな子なのだろう。けれど、他人との距離を慎重すぎるほど慎重に測ろうとしている。彼がそうなる原因と、学校に行かなくなった原因はきっと同じだ。そして祭は、これから自分が大学を卒業するまで一緒にすごすことになる哲平に、そんな緊張を抱えていてほしくはなかった。

「なあ、哲平くん」

「はい」

「遠慮なく笑っていいよ。ここには俺と君しかいない。笑ってもうるさいなんて怒るやつはいないし、俺だって不まじめだなんて言わないよ」

そういうことではないとわかりつつ、祭はわからないふりで言う。そのほうがいい気がした。

「すみません。別に先生に怒られるとかそういうことではなく、ただ単に人見知りで」

「なんだ、じゃあもう慣れただろ。会うの三回目だし。さすがにもう俺を見て驚くこともないだろうし」

「そりゃあ最初は驚きましたけど」

「哲平くん、最初めっちゃ嫌そうにしてたしね」

「あれは、その、すみませんでした。家庭教師自体が嫌だったんです。父が勝手に雇うって言い出して」

「あ、そうなの？」

てっきり哲平が自分の将来のためにお願いしたのだと思っていた。そのくらい、現実の見えている子だ。高校を中退したから余計に。

「でも今はよかったと思ってます。先生、教え方うまいから」

「それならよかった。俺も哲平くんが生徒でよかったよ。飲み込み早いし、教えがいがある。打てば響くってまさにこれだよなって。まあ、まだ数学しか教えてないけど」

「響かなかったらごめんなさい」

「そうなったら先生の責任にしとこうよ。打ち方が悪いんだよ、きっと。だから打ち方を変えればいいだけ」

やさしいんですね、と哲平は言った。

「先生の言葉、裏がなさそうで信用できる」

「そう？　今のところ事実しか言ってないからじゃない？」

「そういうとこですよ。なんか、気が抜けます。肩肘張ってるのが馬鹿らしくなる。あ、いい意味で」

「悪い意味だったら怒る」

　ははは、とさっきより軽快に哲平が笑った。きゅうっと下まぶたが持ち上がって、やっぱり猫の目に似ている、と祭は思った。


　四月の終わり、大雨が降って講義が休みになった日、楽の高校も早引きになったのか、正午過ぎに「うおー」という呻《うめ》き声とともに玄関が開いた。

「楽、雨ひどかっただろ、風呂入っちゃえよ」

　タオルを持っていってやろうとリビングから顔を出すと、ミイミイと微《かす》かな鳴き声がした。

「楽？」

「あれ、兄貴いたのか」

　真っ赤になった目を泳がせて、楽が顔を引き攣《つ》らせた。

　ミイ。

　ぴくりと耳が動いて、音を拾う。どうやらその鳴き声は楽のスポーツバッグの中からしているようだった。

「一匹？」と祭は訊いた。観念したように楽がバッグを開けた。

　ミイ。ミイミイ。

よりクリアに鳴き声が響いた。ひょこん、と目も開かないような子猫が顔を出した。黒と三毛の二匹だった。

「こんな雨の中ダンボールに入れられて捨てられてんの。拾うだろ」

「誰も責めてないだろ。いいからお前は風呂。……顔、パンパンになってる」

「ああ、やっぱり。目がかゆくて死にそう」

「わかってるなら他の誰かに任せればよかっただろ」

「俺ひとりだったんだって」

バッグを祭に手渡し、楽は大慌てで制服を脱ぎながら風呂場へ向かった。

「……なんで猫アレルギーなのに拾ってくるかな」

制服もバッグも念入りに洗わなければ、と想定外の仕事にため息をつき、震える猫を落とさないようそっと抱える。二匹とも、ミイ、と必死に声を上げながら、祭の手を咥《くわ》えて吸おうとする。お腹がすいているらしい。楽と接触させるのはまずいので、ひとまず自分の部屋に連れて行き、適度な箱にバスタオルを敷いてその中へ猫を入れた。

猫用ミルクを買ってこなければ。この辺に売ってある場所あったかな、と検索しようとしたところで、スマホの画面に新着メッセージのポップアップが浮かんだ。哲平からだった。祭は思いついて子猫の写真を撮ると、哲平の予習範囲についての質問には答えずに、その写真を送った。ついでに、猫のミルクを売っていそうな店を訊く。

するとすぐに、メッセージではなく電話がかかってきた。

『拾ったんですか？』

「俺じゃなくて弟がね。さっき拾ってきちゃって」

『生まれたばかりっぽいですね』

「そうなんだよ。目も開いてなくてさ。今からミルク買いに行くんだけど、ペットショップってどこにあるっけ」

『ペットショップじゃなくても、ペット用品売ってるホームセンターとかならあるんじゃないですか』

「ああ、なるほど」

『飼うんですか？』

訊かれ、祭の心臓は冷たい手に触れられたときのように一瞬すくんだ。昔のことを思い出したのだ。

小学生のとき、道端で猫を拾った。飼う気満々で腕に抱えて歩いていると、心ない言葉が耳に入ってきた。

——犬が猫を飼うなんて。

祭は拾った猫を元の場所に戻した。次の日、後悔して見に行くと、そこにはもう猫がいた痕跡はなくなっていた。拾われたか、保健所に連れて行かれたか、結局あの猫がどうなったのか、祭は知らない。

「……あー、弟が猫アレルギーだから、引き取り手を探すよ」

『猫アレルギーなのに拾ったんですか、弟さん』

「そうなんだよ。顔に似合わずいいやつでさ」

そういえば、あの猫事件の数年後、祭と同じように猫を拾ってきた小学生の楽は、今日のように信じられないくらい顔を腫らして、そのとき初めて猫アレルギーだと発覚した。泣く泣く引き取り手を探し、だがそれでも楽は懲りずにちょくちょくこうして猫を拾ってくる。

『先生に似てやさしいんですね』

「反抗期で口汚いけどね。哲平くんのほうがよっぽどやさしい。あ、哲平くんと同い年なんだよね、うちの弟」

何気なく言うと、電話の向こうで哲平が息を呑むのがわかった。

もしかして、触れてはいけない話題だったのかもしれない。哲平の父親に高校のことは訊くなと言われていたせいで、祭は哲平がどの高校に通っていたのかも知らない。だから、もしかしたら楽と同じ高校だった可能性もあるわけだ。そのことに哲平も気づいたのだろう。

話題を変えようと口を開きかけたとき、哲平が先に訊いた。

『弟さん、どこの高校なんですか？』

「西高《にし》だよ」

公立だが、県内では二番目に偏差値の高い高校だった。哲平の成績を考えたら、あり得なくもない。

『……あそこのブレザー、かっこいいですよね』

自分も、とは言わなかった。ぴんと張った緊張感を切るために、祭はわざとおどけた声を出した。

「実は俺も西高。ブレザー超ぱつぱつだった」

『え、写真見たいです』

「いいよ。あとで写真送る」

そう約束してから、早くミルク買ってきてあげてくださいい、と哲平に催促されて玄関に向かう。靴を履いていると、風呂から上がってきた楽が訊いた。

「兄貴、どこ行くの」

「猫のミルク買ってこなきゃだろ」

「俺が行くよ。拾ってきたの俺だし」

「風呂上がったばっかだろ」

「いいよ。兄貴は猫を見張っててよ。結構動くんだ、あいつら。ダンボールも登ろうとしてたし。俺は近づけないし、だから、な？」

珍しく饒舌《じょうぜつ》で口調もやわらかい。それで気づいた。楽は兄がペットショップに行くのを止めようとしているのだ。狼の姿の兄がペットショップに行ったら、きっとまた笑いものになる。楽はそれを気にしている。

祭は頷いて楽の頭に手を遣った。

「ありがと。じゃあ任せる」

楽はその手を鬱陶《うっとう》しそうに振り払って頷いた。そして玄関を出る前に振り返って言った。

「あ、黒がクロウで三毛がホークだから」

「なんで鳥……」

理由を訊く前に、バタンと扉が閉められた。楽のネーミングセンスは、はっきり言ってダサい。だがそれを指摘すると怒るので、祭は何も言うまいとひっそりとため息をついた。

祭の生活は何も哲平の家庭教師だけで回っているわけではない。

四年次になり、ほぼ単位も取り終わっているとは言え、卒論や院生の手伝いもあるしで、結局毎日大学に行かなくてはならなかった。就活も本格的に始まり、まだ四月だと言うのに早いものではもう内定が出ているゼミ生もいた。

祭はと言えば、卒論の内容は決定したものの、内定の色よい返事はまだもらえていなかった。それどころか、エントリーシートを提出しただけで終わってしまうところも少なくなかった。つまりはとても難航していて、同じゼミでよくつるんでいる友人ふたりも例外ではなく、集まると大抵が就活の話になる。

「この前初めて面接受けたんだけどさ、あれって結局何が訊きたいんかねえ」

それぞれの講義が終わったあと、キャンパス内の喫茶店へやって来た友人のひとり、森川《もりかわ》が、テーブルに突っ伏して言った。

「いくら常識がなくても多少キョドッっててもさ、関係ないじゃん。専門分野が突出してればいいじゃん」

どうやらうまくいかなかったらしい。祭ともうひとりの友人、村瀬《むらせ》は顔を見合わせて肩をすくめた。

そして、「そりゃあ研究系の仕事なら専門分野が突出してるに越したことはないよ。でもさ、チームで仕事するわけだから、ある程度コミュニケーションスキルはいるわけじゃん」と村瀬が至極まっとうなことを言う。

あーあ、と祭は口元を引き締めた。森川は愚痴を吐きたいだけであって、説教をされたいわけじゃないだろうに。こういうとき、アドバイスは逆効果だ。案の定、森川ががばっと顔を上げて村瀬を睨《にら》んだ。

「俺がコミュ障って言いたいのか？」

鋭い口調に、村瀬の視線が下を向いた。祭はとりなすように森川の背中を叩く。

「村瀬が言ったのは面接の意義であって、お前がどうこうじゃないって。初めてで緊張してただけだろ。お前はノッたらちゃんと喋れるんだし、次はきっと大丈夫」

「お前はいいよな」

励ませば落ち着くと思ったのに、森川は祭にも刺さるような視線を寄越した。

「何もしなくても印象には残るんだから」

「森川」

村瀬がたしなめるように名前を呼んだ。祭は失笑して、テーブルの上で組まれた自分の両手を眺めた。

まだらな毛。鋭く太い爪。

「印象には残るけど、それだけだよ。むしろ研究職にはマイナスかもしれない。ほら、ゼミでもよく言われてるだろ、俺。ちゃんと手袋してますかって」

毛が混じるといけないから。

仕方ないことだと思う。実際、普通の人より毛は抜けやすいし、換毛期はブラッシングを怠ると少し擦《こす》れただけでも服に毛がつく。常に粘着テープローラーを持っていなければならないし、動物嫌いの人にはあからさまに嫌そうな顔をされる。

「……普通がいいよ、絶対」

目を閉じると、よりはっきりと周囲の音が耳に入ってくる。

――犬だっけ？

――狼らしいよ。

――やだ、かわいい。あの人白衣着てる！

――獣人が喫茶店に来るとか、毛が飛ぶから勘弁してほしい。俺、犬嫌いなんだよね。

「露崎」

「一回ダメだったからって、そんなに落ち込むなよ。俺なんてもう三回書類で落とされてる。面接に辿《たど》り着けてすらない」

目を開けて、耳を伏せた。コーヒーを飲み干し、立ち上がる。

「俺、これからバイトだから。先輩の手伝いできないって言っといて」

さすがに八つ当たりが過ぎたと思ったのか、森川は気まずそうに、だがしっかりと頷いて手を振った。

ひどいことを言うときもあるが、祭は別に森川が嫌いではない。むしろストレートに言ってくれる分、裏がなくて安心できる。村瀬だって同じゼミの仲間として、気を遣ってくれている。

胸に溜まりそうな仄暗《ほのぐら》い気持ちを払うように、ぶおん、と白衣の下で祭は尻尾を振った。


「猫の引き取り手、見つかりましたか？」

大学から自転車で二十分。哲平の家に着くと、門を開けて早々に彼は訊いた。

「いや、まだ。弟は何人かに当たってるみたいだけど」

あれから三日、クロとホー（楽には悪いがどうしても呼びたくないのでそう呼ぶことにした）にミルクをやり、排泄《はいせつ》の手伝いをしたり、脱走しようとするのを止めたりと、寝不足の夜が続いている。まだ離乳食も食べられないほど小さく、体重も二百グラムもない。日中は昼休みに必ず帰って世話をして、という感じで、頼まれている院生の手伝いを森川たちに押しつけて、しばらくはこの生活が続きそうだ。楽は、自分が拾ってきたのだからと高校から帰ってくるとマスクにゴーグル、それに手袋をして世話を引き受けてくれているが、かゆそうなのを見ると長時間は任せられない。

「意外と大変なんだよな、子猫の世話って。三時間置きにミルクやんなきゃだし、そうじゃなくても気になって覗《のぞ》いちゃうし」

「そんなに大変なんですか」

哲平が口元を引き締めたのを見て、祭はおや、と目を見開いた。これはもしかして、あの子猫たちを引き取ってくれるつもりでいるのだろうか。

「まあ、大変さも吹っ飛ぶくらいかわいいけどね」

弁解するように祭は言った。

「弟がアレルギーじゃなければこのまま飼ってたかな」

そういえばラインで写真を何枚か送っていたが、かわいいですね、と珍しく猫の絵文字をつけて返事をくれていた気がする。

「哲平くん、猫好きなの？」

思い切って訊いてみると、哲平は「実は」と目元を緩ませた。

「動物全般好きなんですけど、猫は昔おばあちゃんちで飼ってたから特に」

その顔を見ながら祭は言った。

「哲平くんも猫っぽいよね」

「そうですか？」

少しかたい声が返ってきて、何ごとだろうと首をひねるが、それを掻《か》き消すように哲平が言った。

「先生は狼っぽいですね」

「むしろそれ以外何があるっていうね」

軽くチョップを入れると、哲平はほっとしたように笑った。冗談が通じたのに安心したのか、話が流れたのに安心したのかはわからなかった。

「あの、先生。俺でよければ、その猫二匹とも引き取りますよ」

予想どおり、哲平が言った。

「でも、ご両親は大丈夫？」

「話は通してあります。俺がきちんと世話をする条件で」

「寝不足になるけど」

「自慢じゃないですけど、時間だけはたっぷりあるんです、俺」

「それもそうだ」

肩をすくめてみせると、哲平は下を向いてふっと笑った。

「それ、先生のそういうとこ、いいですよね」

「そういうとこ？　背が高くて足が臭くなくて高学歴ってとこ？」

「まあそれもありますけど」

「あるんだ」

「腫れ物扱いしないとこ、です」

ああ、と頷きながら、本当は少し違うんだけどな、と頭の中で否定した。

祭は十分哲平を腫れ物扱いしている。傷つけないように、細心の注意を払って。だがそう見えないのは、きっと彼の両親より腫れ物の扱いに慣れているからだ。

何より自分自身が腫れ物なのだから。

「教え子に遠慮したって仕方ないしね」

それ以上何と言っていいかもわからない。哲平の出方を待っていると、彼は「飲み物」と話題を変えた。

「コーヒーでいいですか」

「うん。ありがとう」

「先に部屋に上がっててください」

哲平の背中を見送りながら、祭は肺に溜まった息を静かに吐き出した。

哲平を見ていると、たまに喉の奥がぎゅっと詰まったような心地がする。彼から漂う脆《もろ》さとか痛みとか、そういうものに触れる瞬間、切なさが身体を掠《かす》める。いつか哲平のほうから、退学の理由を話してくれる日が来るだろうか。ほんの少し前までは、ただの好奇心だけだったはずなのに、今はそうなってくれるだけ、哲平が自分に心を開いてくれたらいいのに、と願わずにはいられなかった。

「ずいぶん仲良くなったのね」

螺旋階段を上がろうとして、ふいに哲平が消えていった方角から声が聴こえた。どうやらキッチンに母親がいたらしい。

人より耳のいい祭は、盗み聞きのような形になるのが嫌で、なるべく音を拾わないように耳を伏せて足を踏み出した。

だが、

「別に」

温度の低い哲平の声に、祭は再び足を止めた。

哲平と両親の仲は悪くないと聞いている。いい人たちだ、と哲平本人も言っていた。

ガリガリとミルを回す音の合間に、「心配はしてないのよ。ほら、だって」とおもねるような母親の声が混じる。哲平の返事はない。思ったより剣呑《けんのん》な雰囲気に、少し心配になる。

しばらくして、ミルの音が止《や》んだ。そして押し殺したため息とともに、哲平が口を開いた。

「猫、引き取ることにしたから」

「……ええ、あとで必要なものを買ってこなくちゃね」

わざとらしい華やいだ声で、母親が言った。よかった、と祭はそれ以上聴かずに階段を上る。少なくとも、子猫は歓迎されているようだった。ただ、哲平の元気のない声だけが気になった。

角のない滑らかな椅子に座ってスマホを取り出すと、楽にメッセージを送った。するとすぐに、『マジで？　兄貴ＧＪ』という文面に、ミイミイ鳴く子猫たちの動画が添付されて返ってきた。

子猫の成長は早い。三日で体重も五〇グラムほど増え、うっすらと目も開いてきた。キトンブルーと呼ばれる子猫特有の青灰色の目は、成長するに従って本来の色になっていくらしい。

動画を見ていると、哲平がコーヒーを持ってやって来た。子猫の声に哲平の目が一回り大きく見開かれ、コーヒーを机に置くと、ずいっと祭のスマホ画面を覗き込んできた。

「かわいいですね」

必死に手足をばたつかせ、母親を求める姿に、じわっと愛《いと》しさが湧いてくる。哲平もどうやら同じらしい。

「世話しなきゃって気にさせられるよな。これが母性か……」

一分ほどの動画を見終わって、祭が大仰に胸に手を当てると、哲平はそれには答えずに引き取り日の話を切り出した。

「俺はいつでもいいですし、先生の都合のいい日に迎えに行きます。そのときに授乳のやり方を教えてもらっていいですか」

「引き取ってもらって助かるのはこっちだし、カテキョのついでに連れてくるよ」

「じゃあ、明後日《あさって》」

かぶせ気味に哲平が日付を指定する。早く子猫に会いたいという気持ちがダダ漏れで、祭は思わず噴き出した。

「ほんと、好きだね、猫」

「おかしいですか？」

「哲平くん、結構かわいいもの好きだよね」

「……変ですか、俺がそうだと」

その瞬間、ピン、と空気が張って、哲平が下を向いた。祭は俯《うつむ》く哲平のつむじを見つめながら、ついさっき彼が母親と揉《も》めていたことを思い出した。

何を抱えているのかは知らないが、どういう理由があったとしても、自分は哲平を悪く思わないのに、と悲しくなった。そんなに、全身を棘《とげ》でくるまなくてもいい。

気まずそうな哲平の頭に、祭は手を置いた。くしゃくしゃと髪を撫で、ごめんと謝る。

「からかってるわけじゃないよ。猫好きはやさしい人だっていうのが俺の持論だから。哲平くんが猫好きでうれしかったんだよ」

静かに、哲平が頭を振った。祭は撫でるのをやめて、垂れた尻尾を振りながら、教科書を開いた。

今日は英語と生物を教える予定だ。

「先生って、」と哲平が顔を上げた。大きな吊り目が祭を見つめる。見つめ返すと、その黒い瞳に、自分の姿が映り込む。

「困ると尻尾、そんなふうに揺らしますよね」

「バレてた？」

「教え方考えてるときたまにそうなってます」

「恥ずかしいな。見ないでよ、えっち」

きゃっ、とわざとらしく高い声で尻尾を隠す。哲平は笑わない。

「俺、先生のこと困らせてますね」

ひどくまじめな顔でそんなことを言う。

不器用だな、と祭は思った。哲平はまだ不器用すぎる。受け流せない潔癖さと、純粋さ。長所にもなり得るが、繊細な彼には少し荷が重い。

「まだ付き合いも浅いんだ。そんなもんだろ。それに、ほら、勉強では優秀すぎて全然困らせてくれないから、むしろ歓迎。子ども扱いして俺もごめん」

両腕を広げてポーズを取ると、哲平は小さな声でつぶやくように訊いた。

「先生は、知らないんですよね」

「何を？」

きゅ、と哲平が唇を食《は》む。それを見てふいに気づく。哲平の唇は桜色だ。リップクリームをつけたわけでもないだろうに、艶々と潤っている。きれいだよなあ、と改めて思う。

もし自分が病気じゃなかったら、一体どんな姿で生まれてきたのだろう。楽みたいな母親似の顔だろうか。それとも——

「俺が学校を辞めた理由です」

哲平の声にはっとする。ぼんやりと思い浮かべていた空想を振り払い、焦点を戻す。

「聞いてないけど」

「そうですか」

少しほっとしたように、上がっていた肩が下がった。

「哲平くんが話したくなったら話せばいいし、話したくなかったら話さなくていい。もし話して楽になるっていうならいくらでも聞くけど。どっちにしろ、俺はその意思を尊重するよ」

「ありがとうございます」

礼を言いながら、哲平の視線が祭の尻尾に注がれる。

「今は困ってないよ」

ぶんぶんと振ってみせると、ようやく笑った。

「先生、俺もね、困るとよくやる癖があるんです」

「何？」

「足の指を丸めちゃうんです」

ほら、と促されるまま哲平の足元を見ると、確かにぎゅっと丸められていた。

「えー、わかりにくい。却下」

「癖ですから」

はらりと棘が落ちていくのを感じ、祭もほっとする。

「そう言えば、ブレザーの写真、見せてくれないんですか」

思い出したように、哲平が言った。空気を変えるためだとわかったが、特に反論もないので、祭は速やかにその提案に乗った。

「ああ、あれね。見ても笑わないでよ」

スマホのフォルダから数年前の写真を探し出し哲平に向けると、てっきり笑うかと思ったのに、しかし哲平は意外そうに瞬きして、「似合ってるじゃないですか」と真逆の反応を寄越した。

高校一年生の時点で、祭の背はすでに一八〇センチを超えていて、体格も今とそう変わらず幼げなどまったくなかったし、尻尾もあるから制服は特注だった。それでも、季節や気分によって毛が制服を押し上げるものだから、どうしても小さいものを無理やり着ているような印象が拭えなくて、祭は鏡で制服姿の自分を見るたび、似合わない、と苦笑していた。

それなのに、哲平はそれが似合うと言う。

「笑うなって言ったからって、律義にお世辞まで返さなくていいのに」

祭が言うと、きょとん、と哲平は首を傾げた。そして一拍置いて、ああ、と何かを理解したように頷いてみせた。

「先生も、褒められ慣れてないんですね」

哲平の言葉が、祭のやわらかいところに、ふいに刺さった。

あれだけ母親から自分を卑下するなと言われていたのに、祭はまだ、自分自身と折り合いがつけられていないことに、唐突に気づかされてしまった。似合うだなんて言葉、自分には無縁の言葉だと、無意識に思っていたのだ。自分からはイケメンだの高学歴だの言うくせに、他人からの言葉に、祭は哲平の言うとおり、慣れていなかった。

「似合ってますよ、ブレザー。やっぱり先生みたいに体格がいいと、映えますね」

ふふっと、得意げに、哲平が言った。からかうような顔なのに、それは放った言葉が偽物だからではなく、祭の弱点を突くのが面白いからだとわかる。途端に、祭は顔に血が集まるのを感じた。こういうとき、顔色が見えなくてよかった、と心から思う。

「ありがとう」

なんと返せばいいかわからなくて、祭はシンプルにそう礼を言うほかなかった。ふふ、とまた哲平が笑った。

「大学って、楽しいですか」

また、哲平が話題を変えた。

「今就活もしてるからめちゃくちゃ大変だよ」と祭はほっと息をついて答えた。それからふと、大変なことばかりを強調しては楽しみがなくなるのでは、と思い直す。これからキャンパスライフを謳歌《おうか》するためにがんばろうとしている人間に、ネガティヴな情報は不必要だ。

取り繕うように、祭は言った。

「でも、ある意味俺は就活には有利だよなって、この前友達に言われた。まあ、見た目がこれだから、覚えてはもらいやすいしね」

――お前はいいよな。何もしなくても印象には残るんだから。

友人に言われた一言を、笑って披露した祭に、しかし哲平は、きゅ、と眉間にくっきりとしわをつくった。

そして、「先生、その人、本当に友達なんですか」と不快感を露わにした。まさかそんなふうに言われるとは思ってもいなくて、祭は戸惑う。「えっと」と返答に困って首の後ろを掻くと、哲平の視線は祭の尻尾に注がれた。ゆら、と下向きに揺れている尻尾を見て、哲平が桜色の唇を引き結ぶ。

哲平は怒っていた。祭の見た目を「有利だ」と無責任に言い放った友人に対して。

哲平はとても過敏で、それからやさしい。何度も感じたことだが、本当に、不器用で、やさしくて、どうしてそんなに自分のことを理解できてしまうのだろうと、祭はふっと目元を緩めて小さくため息をつく。その衣擦《きぬず》れのようなわずかな音に、哲平がしまった、と目を泳がせた。

「……すみません、その人のこと、よく知りもしないのに」

友達の悪口を言ってしまったと、そのときになって思い当たったのだろう。だが、祭はそんなふうには思わなかった。あのセリフを言われたとき、ちくりと胸に刺さったささくれを、哲平の言葉が今きれいに抜き取ってくれたからだ。祭の尻尾が、緩やかに上を向く。

「いや、すごいなって思っただけだよ。見透かされてるなって。俺、それ言われたとき、本当はちょっとムカついたんだ。やっぱりこの見た目だと、有利なことより不利なことのほうが多くて。じゃあお前がこうなってみろよって」

祭は自分自身にも嘘をつこうとしていた。言われた言葉は大したことではないと、思い込んで平気そうな顔をしようとしていた。積もりに積もれば、それは祭を大きく傷つけてしまうというのに。

「他人には、わからないですよね。その人が何に傷つくか、なんて」

哲平が、自嘲気味に笑った。突き放すような言い方に、祭はなんと声をかけていいかわからなかった。哲平は祭を理解してくれているような気がしたのに、そうではないと、哲平は言う。

結局、吐き出すべき言葉が思い浮かばず、祭は諦めて教科書を広げた。

「さー、やりますか。お勉強」

「よろしくお願いします」


はっくしゅんっ、と景気のいいくしゃみをして、楽がティッシュボックスを引き寄せた。マスクを外すと、鼻水でべとべとの顔は真っ赤になっていた。

「明後日、引き渡してくるよ」

「相手、どんな人？」

鼻をかみながら楽が訊く。

「俺の教え子」

「教え子？　ああ、カテキョやってるんだっけ。ちゃんと世話してくれそう？」

「うん。それは間違いないよ。ご家族も喜んでくれてるみたいだし」

「あっそ」

子猫たちは寝入っているのか、祭の部屋からは物音ひとつしない。ぴくぴくと動いた祭の耳を見て、楽が言った。

「あいつらならさっきミルク飲んで満足して寝たとこ」

「ああ」

「体重も増えてた」

「うん」

「母さんは？」

「ババアはまた残業」

「そっか」

ひとしきり鼻をかみ終えると、楽は立ち上がって風呂場のほうへ消えていった。やっぱり夕飯の手伝いはしないつもりらしい。

冷蔵庫を覗くと、ひき肉と豆腐の賞味期限が近くなっていた。少し考えて、楽が好きだったな、と麻婆豆腐《マーボー》を作ることにした。


子猫用の粉ミルクと哺乳瓶、瓶を洗う専用ブラシに、ノンアルコールのウェットティッシュ、それと、薄汚れてくたくたになったバスタオル。それらをダンボールにまとめて、母に借りた車の後部座席に乗せ、子猫の入ったキャリーバッグを助手席に固定する。そして運転席に乗り込むと、祭は哲平の家へ向けて出発した。

ガタゴトと揺れる車に不安を感じるのか、子猫はいつもよりやかましくミイミイと鳴き、出られやしないのにぴょんぴょん跳んで暴れ回っていた。おかげで哲平の家に着く頃にはすっかり寝入ってしまっていて、子猫を見た哲平の最初の一言は、「おとなしいですね」だった。

「さっきまで暴れてたんだけどね」

二台分収納できる広いガレージは日中父親のほうのスペースが空いているからとそこに車を停《と》めさせてもらった。

キャリーバッグは哲平が持ち、祭はダンボールを持って二階に上がる。哲平の部屋に入ると、すぐに見慣れないものがあるのに気づいた。

「これ、買ったの？」

部屋の隅に、天井まで届く大きなキャットタワーが設置されていた。哲平の部屋に合わせて、柱はナチュラルウッド、バスケットや台座には黄緑色のモコモコとした布が使用してある。芝生然としたカーペットに、キャットタワーの木。ますます公園めいてきた。

「本当はリビングに置くはずだったんですけど、俺の部屋で飼うことに決まったので」

「えっ、この部屋だけで？」

猫二匹が遊ぶには、一部屋だけでは狭すぎる。

祭の不信を感じ取ったのか、哲平は慌てて首を振った。

「違いますよ。しばらくは、です。大きくなったら家の中を好きに動けるようにしますよ。父なんて、リビングにキャットドアをつけるってもう工事の見積もり取ってきてますから、安心してください」

「なんだ、よかった。てっきり反対されてるのかと」

「父は猫好きです。言ったでしょう？　祖母が猫を飼ってたって」

「ああ」

キャリーを覗き込みながら、哲平がかわいい、とつぶやいた。子猫はまだ夢の中だ。

ダンボールを床に下ろした祭に、さっそくミルクのつくり方を教えてくれと哲平が言った。いつものコーヒーを持ってくるついでに温《ぬる》めのお湯と適当なカップを用意してくれと頼むと、哲平はそそくさと部屋を出て行き、いつもより早く戻ってきた。

「お湯、これくらいでいいですか」

冷静さを保ってはいるが、哲平の視線はさっきから忙しなくキャリーへ注がれている。祭は笑わないように気をつけながら頷いた。ぴくぴくと耳が動いてしまったが、哲平の視線は子猫に夢中で気づかない。

付属のスプーンで粉ミルクを量り、空のカップに入れてお湯と混ぜる。だまにならないよう丁寧に溶かしたあと、ロートを使って哺乳瓶に注いだら、キャップを締めて終わりだ。

「簡単だろ？」

「はい」

「熱すぎないか、手の甲に垂らして確かめてみて」

言われたとおり、哲平はミルクを一滴、つるりとした肌の上に落とした。

外に出ていないせいか、哲平の肌は白い。うっすらと産毛のような細い毛が生えていて、光の具合では金色に見えたりもする。髪の毛は真っ黒なのにな、と不思議に思う。

「ちょっと熱い、かな」

「じゃあ少し冷まそうか」

「先生はどうやって温度を確かめてるんですか？」

哲平が訊いた。確かに祭の手の甲は毛に覆われていて、ミルクを垂らすどころじゃない。疑問に思うのももっともだった。

祭は哲平から哺乳瓶を受け取って、口を開けて舌の上にそれを垂らした。

「こうやって。ってか、ちょうどいい温度だよ、これ」

祭が言うと、哲平はふむ、と思案顔で言った。

「そっちのほうがわかりやすいですね。今度からそうします」

「行儀悪いけどね」

ミイ。

そのときちょうどよく、子猫が目を覚ました。ミイミイ。二匹ともぱっちりと目を開けて、それでもまだよく見えないだろうに、きょろきょろと首を振って周囲の様子を必死に確かめている。

「やってみたら？」

哲平に哺乳瓶を再び手渡すと、祭はキャリーケースを開けて二匹を腕に抱えた。祭の毛の感触に安心したのか、鳴くのをやめて腕に吸いつきはじめる。

「お腹減ってるみたいですね」

哲平が祭に近づいて、腕の中を覗き込む。そして顔を上げたかと思うと、不意打ちのようにふわりと笑った。今まで見てきた中で一番の、溶けるような笑みだった。

「かわいいですね」

少しだけ、思考が停止する。

吊り目気味の目尻が垂れ、黒い瞳は細められることによって水気を増し、星を散りばめたように煌《きら》めいている。無防備に開いた口元からは健康的な白い歯が覗き、少し尖《とが》った犬歯が見えた。

哲平の容姿は、整ってはいるが芸能人並かと言われればそうじゃない。けれど、どこか人を惹《ひ》きつける引力がある、と祭は思っている。ふとした瞬間、写真に収めたくなるような衝動が胸を突く。まじめな横顔、下を向いたときの睫毛《まつげ》、赤くなった耳の先端。そして、今の笑顔。

かわいいのは哲平のほうだ、と馬鹿なことを口走りそうになる。どう考えても、男の子に言うセリフではない。

「……だろ」

尻尾が、揺れる。止めなきゃと思うのに、勝手に激しく左右に揺れて、止まらない。

「先生？」

それを見て、訝《いぶか》しげに哲平が首を傾げる。祭はごまかすように口を開いた。

「哲平くんに気に入ってもらえてうれしくて」

「そうですか。困ってるわけじゃないんですね」

「うん。喜びの舞」

「舞って」

自分でも、何を言っているのかわからなかった。何やってんだろうな、と思いながら、祭は呆れる哲平にクロを押しつけて、言った。

「ほら、ミルクやるんだろ」

手の中にすっぽり納まったクロを、哲平は恐々と胸に引き寄せた。

「こんなに軽いんだ」

「でも、ちゃんと生きてる」

小さな手で腕を押すクロを撫で、祭は言った。かわいい、だけでは生き物は飼えない。そこには責任と覚悟がいる。

「世話、ほんとに大変だから」

「がんばります」

哲平は真剣な面持ちで、哺乳瓶をそっとクロの口元に押し当てた。クロはしっかりと先端を咥え、腹ばいのまま哺乳瓶を掴むと、目を閉じてごくごく喉を動かしはじめた。勢いよく、ミルクが減っていく。それを愛おしそうに、哲平が見つめていた。

「目ヤニも少ないし、多分病気は持ってないと思う。もう少し大きくなったら、動物病院で検査して、ワクチンを打ったほうがいい」

「はい」

ミイ。不満そうにホーが鳴いた。祭の腕からミルクが出ないことへの文句らしかった。

「順番、な」

なだめるように頭を撫でる。その指を、ホーは必死に咥えて吸った。

「そういえば、名前、どうするの」

「クロウとホークでしょう？」

「それはうちの弟がつけたやつだから、変えていいよ。ダサいじゃん」

「別に構いませんよ。それに、この子たちの命の恩人がつけてくれたんですし、そのままで」

「クロウはともかく、三毛のほうは女の子なのになあ」

満腹になったのか、クロが哺乳瓶から口を離してゲップをした。ベトベトの口元をウェットティッシュで拭い、今度はホーの番、と哲平がクロを祭に差し出した。

「別に、いいんじゃないですか。今どき、女の子だから、とか」

床に座って俯きながらミルクをやる哲平の顔は、祭にはよく見えない。だが少し声がかたくて、またいけないことを言ったのだとわかった。

「まあ、それもそうだよな」

物わかりのいいふりで、祭は同意した。ティッシュを二枚抜き取り、お腹をパンパンにしたクロのお尻に当てる。トントン、と刺激すると、やがて生温かい液体が染み出してくる。

「ミルクのあとは、ゲップさせておしっこを出してやること」

「なるほど」

「ホーでやってみるといいよ」

「はい」

初めてとは思えないくらい、哲平の手つきは手慣れていた。てきぱきとミルクを飲ませ、排泄をさせると、あまり構うと疲れるだろうから、と欲を抑えてダンボールにバスタオルを敷きその中へホーを戻す。

元々器用な子だろうとは予想していたが、落ち着きも分別もあって、それだけでもうこの二匹は一生幸せに暮らせると確信させられる。ここに連れてくるとき、ほんのわずかに残っていた不安も、哲平のその態度のおかげですっかりなくなった。

「よかったなあ」

手の中で暴れるクロを撫でまわしてから、祭も哲平に倣《なら》ってクロをダンボールに戻した。

「哲平くんが引き取り手でほんとによかった」

これで楽にも胸を張って報告できる。決して口には出さないが、今朝、学校へ行く前の楽の背中が、少し寂しそうだった。

「大きくなっても外には出さないようにね」

「交通事故は嫌ですから、室内飼いにするつもりです。この辺、犬を飼ってる家も多いから、危ないですし」

「さかりがつく前に去勢手術もしてあげて」

「クロウはどっちなんですか？」

「多分、オスだと思うよ。だから、メスのホーといたら、大変なことになる」

なるべくいやらしさを抑えて言ったつもりだったが、哲平は気まずそうに「ああ」と言ったきり口をつぐんだ。伏せられた目に、ふと疑問が湧いた。

「哲平くんは、好きな人いないの？」

「……なんでですか？」

なんで、と訊き返され、確かにこの流れでその質問をするのはいささか下世話な気もするな、と祭は頬を掻いた。「なんとなく」と答えてから、言い訳のように「哲平くんモテそうだから」と付け足した。

「先生は？　まず先生から言うのがフェアじゃないですか」

「まあ、それもそうだね。でも残念ながら俺はいません」

「いたことは？」

まっすぐな目で訊かれた。不思議な圧があって、だがそれは決して祭に対する興味からではないとわかった。哲平はおそらく、また全身の棘を逆立てそうになっている。そして、返されて初めて、その質問は祭にとっても鬼門だったことに気がついた。

「あるよ。だけど、実ったことは一度もない」

祭がそう言うと、そこで哲平も気づいたらしい。戸惑うように目が泳ぎ、その口から謝罪が漏れそうになった。謝ってほしくなくて、祭はその前に続けた。

「憧れるけど、恋愛はひとりでするものじゃないから。相手の好みもあるし、これぱっかりはどうしようもないよね」

祭のような獣化症患者が恋人や配偶者を見つけるのは稀《まれ》だ。見た目の問題もあるし、何より獣化症患者には致命的な欠点がある。生殖能力がないのだ。性欲はあるが、その特殊な配列の遺伝子は誰とも結ばれずに死んでいく。

「わかります」と哲平が言った。「ひとりでするものじゃないっていうのは」

妙に実感が籠もった声に、いつの間にか伏せていた視線を上げて、祭は哲平の表情を見た。哲平は微笑していた。どうしようもなくて、笑うしかないという類《たぐい》の、あまりにも切ない表情だった。

「好きな人、いるの」

「いません」

「いたことは？」

「そりゃ、ありますよ」

「そっか」

おそらく哲平も自分と同じように、好きになった人に好きになってもらったことがないのだろう。

「俺も哲平くんも童貞かー」

しみじみするのが嫌で、祭は茶化すように言った。今度こそ、哲平が声を上げて笑った。

またダメだったのか。

梅雨入り前の六月中旬。郵便受けに入っていた封筒の薄さに、祭はため息をついてレターナイフを手に取った。万が一もあるかもしれない、と封を切るが、出てきた紙に書かれていたのは案の定「お祈り申し上げます」だった。

「落ちた？」と母が訊いた。

「書類審査で」

「そっか」

まあ、そんなに落ち込みなさんな、と母は祭の背中を叩いて、コーヒーミルを手に取った。

「不景気だからね、そんなすぐには内定なんてもらえないよ」

「これで八社目だ。受けたところ全部書類審査か筆記で落とされてる」

祭が言うと、母は口をつぐんだ。

「兄貴の頭が悪いんじゃね？」

リビングでスマホをいじっていた楽が代わりに言った。

「ちゃんと就活用の勉強してんのかよ」

「してるよ。参考書も買ってる」

「院に行くって手もあるのよ」

楽にしっしと手を振りながら、母が言った。それに、祭は首を振って答えた。

「いいよ。そんなに研究が好きってわけじゃない」

院に行けば、さらに二年親の脛をかじることになる。楽も大学に行かなければならないのに、母ひとりの稼ぎでふたり分の学費は相当きついだろう。研究者になりたいという明確な意思も持っていない自分が、就職先が見つからないからと惰性で院に進むのは申し訳が立たない。

「もう少し違うところも受けてみるよ」

しかし、ダメダメな就活と違って、卒論は嫌になるくらい順調だった。前年卒業した先輩の研究を引き継いだ縦断的なものだったせいもあって、やることはひたすらタンパク質をつくることだけだ。あとはそれの解析と、活用法を文字に起こせばいい。

同じゼミの連中と朝の九時から夜の九時まで研究室に籠もり、就活やバイトのある者は次回差し入れを持ってくることを条件に抜けていく。

午後五時。バイトのために十二時から抜けていた森川が大量のチョコレートバーとともに研究室へ帰ってきた。そして祭を見るなり、「受かってた」と震える声でつぶやいた。

「第三志望の企業、受かってた！」

おめでとう、とすぐには出てこなかった。物が詰まったように喉が苦しくて、だがそれでも祭は言わなければならなかった。

「よかったじゃん、おめでとう」

森川も祭と同じような境遇だった。両親は健在だが、下にまだ妹と弟がいる。だから、なんとしても今年で就職を決めなければならなかった。

必死に喜びを表すように尻尾を振り、椅子から立ち上がって森川に近づく。

祭に暴言を吐いたのをすっかり忘れた様子で、森川は満面の笑みだった。他のメンバーもぞろぞろ集まってきて、森川を祝福する。

森川が持参したチョコレートバーで休憩がてら軽いお祝い会が始まり、それを横目に祭は白衣を脱いで帰る準備をしはじめた。

「露崎」

村瀬が呼んだ。

「ん？ 俺、バイトあるから帰るわ。あとよろしくな」

「大丈夫？」

遠慮がちな声に、祭は手を止めた。

「……何が？」

振り返らずに、訊く。村瀬は「いや、」と言ったきり黙ってしまったので、祭は再び手を動かして帰り支度を終えた。

「このまま直帰するから、差し入れは明日持ってくるよ」

お疲れさまでした、と研究室を出て、夕暮れに染まる構内を歩く。

ブルッとポケットに入れていたスマホが揺れた。見ると、哲平からだった。クロとホーが膝の上でぐっすりと眠っている写真が添付されていた。

『動けなくなってしまったので、着いたら勝手に上がってきてください。自転車は玄関の前でいいです』

ふ、と肩から力が抜ける。

憂鬱《ゆううつ》なことがあったあと、今までのバイトなら休んでしまおうかとずるいことを考えたのに、今は、憂鬱なことがあったからこそ、哲平に会いたいと思う。

勉強を教えて、子猫と遊んで、コーヒーを飲んで、お喋りをする。週に三日のその時間が、思ったより自分にとっては大切なものになっていたことに、たった今気づいた。

早く、行こう。

いつの間にか走っていた。それを見て、まだ大学に入ったばかりの新入生が囁くのが聴こえてくる。

——獣人だ。初めて見た。

——すごいね。ほんとに犬みたい。

狼だよ、と心の中で言い返す。でも本当はそんなのどっちだっていい。

祭は、犬でも狼でもなく、人間だ。

——人にベタベタ触るのはあんまり好きじゃないです。

——だって、病気のことなのに。

哲平は、祭をただの人間に戻してくれる。少なくとも、祭は自分の病気を病気として受け入れられる。

多分それは、哲平が同じような傷を持っていると知っているからだ。

家族以外に、祭は心を許してこられなかった。理解してくれる人なんて現れないと、心のどこかで諦めていた。でも哲平なら、と思う。

自分も心を許すから、哲平もそうであってほしいと願うのは、あまりにわがままだろうか。

自転車を玄関の前に置き、勝手に入るのもためらわれ、一応呼び鈴を押すと、『入ってきてください』とＬＩＮＥが来た。どうやら母親も外出中で、家には哲平ひとりらしい。

螺旋階段を上がり、部屋に入ると、哲平は机に向かって座っていた。膝の上では、順調に大きくなって一キロを超えた二匹の子猫がお腹を出して眠っていた。

「起こすのもかわいそうで、動けないんです」と哲平が振り返って困ったように笑った。「すみません、飲み物はあとでもいいですか」

「そうだろうなって思って買ってきた」

コーラとオレンジジュース、それからポテトチップスに、アーモンドチョコレート。哲平の家では出てこないようなチョイスだ。

「ありがとうございます。払います」

「これは俺の奢《おご》り。たまにはいいでしょ。いっつもご馳走《ちそう》になってばっかだし、安物だから気にしないで」

でも、と食い下がりそうになった哲平が、断りの言葉を呑み込んでじっと祭を見つめた。まっすぐに瞳を覗かれ、気恥ずかしさに肩をすくめる。

「ん？　何かついてる？」

口の周りを擦る祭に、だが哲平はまじめな声で訊いた。

「何かあったんですか？」

「え？」

「元気、ないから」

こういうところだよな、と祭は思わず苦笑を浮かべた。

こういうところなのだ。祭が哲平を信頼しようと思えるのは。冷たくなった身体にそっと掛けられる毛布のように、哲平の気遣いは祭をくるんで温める。

「俺でよければ聴きますよ。たまにはいいでしょ。いつも勉強見てもらってばっかだし」と、祭の口調を真似《まね》て哲平が言う。「壁だと思ってくれてもいいですし」

祭は哲平にペットボトルを掲げた。哲平は祭の目をもう一度窺うように見つめたあと、オレンジジュースを取り、祭は残ったコーラを片手に椅子に座った。

どうしようかな、と心を落ち着けるために吐いた息が、思ったより深くなった。同時にとろり、と祭の身体から何かが溢《あふ》れそうになる。

「……少しだけ、俺の話をしていい？」

「どうぞ」

誰かに話を聴いてほしい。話しても仕方のないことだとはわかっている。だが、胸に溜まったこの澱を、自分ひとりで押し留めておくには、自分はまだ人間ができていない。甘えたい。一度その考えが頭をよぎると、もうダメだった。

「今、俺さ、就活中だって前に話したと思うんだけど、なかなかうまくいかなくて。この前も、書類審査で落ちちゃって」

話すのには、勇気がいった。情けない姿を晒すのは、怖い。ダメなやつだと幻滅されるんじゃないかとか、大学生に対する憧れがなくなるんじゃないかとか、そういう考えがどうしても浮かんでしまう。

だが、哲平がどうかしたのかと訊いてくれた。だから、祭は話したかった。甘えたかった。心を許すというのは、だからつまり、自分にとってはこういうことなのだろう。

「同じゼミのやつがさ、今日、受かったーって報告してきて、俺、素直におめでとうって出てこなかったんだよ。俺だってがんばってるのにって、ムカついて。めっちゃ嫉妬したの」

ははは、と乾いた笑いが漏れる。哲平は、手の中のペットボトルをぎゅっと握って、祭の話を黙って聴いている。

「そいつね、例の、散々俺の容姿が目立つから面接官に覚えてもらえてうらやましいって言ってたやつなんだよね。でも俺、そんなわけないじゃんって言われるたびに思ってた。この見た目で今までずっと苦労してきたし、実際就活だって全然うまくいってない。祝えるわけないじゃん、そんな状況なのに。ねえ？」

軽い調子で同意を促す祭に、哲平は自分が傷ついたような顔で、小さく頷いた。鏡のようだ、と祭は思った。

「心からおめでとうって言える人がいたら、その人は聖人だな。とにかく、俺は無理だった。それで余計に、心狭いなーとか考えちゃって、ちょっとだけ落ち込んでた」

「狭くないですよ」と、すかさず、哲平が言った。「狭くないです」

「狭いんだよ」

すかさず、祭も否定した。

「だったら狭くていいじゃないですか」

やけくそみたいに哲平が言った。

「ムカつかない人を、俺は信用しないです。ムカついて、それで自分が嫌になって、落ち込む人のほうがずっとマシです。先生みたいに」

本気でそう思っているのもわかったが、慰めてくれているというのも、伝わってきた。毛布だけじゃ足りないだろうと、哲平は静かに火を熾《おこ》す。祭はそれに手をかざす。

「もう少し愚痴っていい？」

「はい」

未開封のままだったコーラを開けると、プシュッと炭酸の抜ける音がした。口をつけると、爽やかな気泡が喉を洗った。哲平も祭に倣ってオレンジジュースを開け、一口飲んだ。

「俺んち、父さんが死んで今母さんだけなんだよね」

「そう、だったんですか」

「うん。だから、絶対いいところに就職して、母さんと弟をしっかり養いたいなって思ってる、」

「えらいですね」

「……っていうのは建前で」

きょとん、と哲平が首を傾げた。祭は苦笑して前かがみになると、両肘を膝の上に置いた。

ここから先の本音は、多分母も楽も知らない。誰かに話すのも、初めてだ。

祈るように目を閉じる。

「ほんとはさ、平凡な自分が嫌なだけなんだよ。哲平くん、獣化症の人って、どういう人が多いか知ってる？」

「どういう人、っていうのは？　ＣＴ型のことですか？　猫とか、犬とか、狼、とか」

ううん、と祭は首を振った。

「獣化症の人って、身体能力は健常者より高いけど、知能指数は変わらないって研究結果が出てるんだ。だけど、実際は違う」

「違う？」

「俺の知ってる獣化症の人はみんな、いい大学を出て、いい職について、地位も名誉も手に入れてる。優秀なんだよ、俺以外」

「それは、」

口を開きかけた哲平を遮って、祭は続けた。

「わかってる。その人たちの努力の結果だって。獣化症だからって差別されないように、みんな必死に努力して、克服して、勝ち取ってきたものだ。普通にのうのうと生きてて手に入るものじゃない。……でも、ダメなんだ。俺もその人たちみたいに優秀じゃなきゃって、優秀なはずだろうって、どうしても頭にちらついて。俺もそうじゃなきゃダメだ、いい職につくのが当たり前だろって」

認めるのが、怖かった。認めてしまったら、自分に価値がなくなる気がして、怖かった。

両手に力を入れると、ペコッとペットボトルが凹《へこ》んだ。

息を吸う。顔を上げると、哲平がまじめな顔で祭を見ていた。

この子なら、大丈夫だと思った。話してもきっと、自分と同じように痛みを感じてくれるこの子なら。

「……でも、俺はそんなに優秀じゃない」

絞り出すように祭は言った。

「獣化症なんだから、特別な存在じゃないといけない、そうじゃないと割に合わないって思って生きてきた。でも俺は、平凡で、つまらなくて、プライドだけが高い、ただの……っ」

声が詰まった。その先を言えずにいた祭に代わって、哲平が言った。

「ただの人間、なんですよね」

哲平の膝の上で、もぞっとクロが寝返りを打つ。むー、と寝言が聴こえてきて、哲平の視線がそちらに向いた。ふ、と張り詰めていた緊張感が途切れた。その拍子に、ぽた、と膝の上に涙が落ちて、無意識に笑いが零れた。まさか、泣くほどだとは思っていなかった。

「ごめんな、こんな話」

甘えて喋りすぎたな、と急にぶわっと羞恥心が湧き上がってきた。

「みっともない愚痴聴かせてほんと申し訳ない」

いくら信頼に足ると言っても、相手は年下の男の子だ。早口で謝って、涙を拭いた。

「いいじゃないですか。みっともなくて」

哲平は子猫に視線を注いだまま、静かに言った。

「俺、先生のそういうところ、嫌いじゃないです。俺と同じように、悩んでもがいてる人がいるのを見ると、安心します。そういうのに救われる人だっているんですよ、ここに」

こちらを見ないのは、哲平のやさしさだ。

「うん」と頷いた祭の声はまだ微かに湿っていて、それを聴いた哲平は隙間を埋めるように喋り続けた。

「人が苦しんでるのを見て安心するんだから、俺も相当心が狭いっていうか、性格悪いなあって思います。でも別に、悪いことじゃないんじゃないかって、最近思うようになりました。まあ、そう思わないとやってけないなって気づいただけなんですけど。だから、その、何が言いたいかっていうと、俺は先生が先生でよかったなって」

持論を持ち出すのがだんだんと恥ずかしくなってきたらしく、最後のほうは尻すぼみになり、哲平は手持ち無沙汰にペットボトルをいじりはじめた。手が滑って、キャップがホーの頭に落ちた。みゃ、と短く悲鳴を上げて、ホーが不満げに目を覚ました。

「ああ、ごめん」

釣られてクロも起き出し、うにうにと寝ぼけた声を出しながら、哲平の膝から飛び降りていく。そして祭に気づいた二匹は、そこでようやくぱっちりと目を覚まし、遠慮なく祭のズボンに爪を立てはじめた。遊んで遊んで、とまとわりつく二匹を尻尾であやし、祭は耳の端が赤くなった哲平に礼を言った。

「聴いてくれてありがとう。愚痴ったらすっきりして、がんばろうって気になった」

「それならよかったです。聴き出したかいがありました」

さらっと何でもないように返した哲平のつま先を見ると、ぎゅっと指が丸まっていて、おかしくなる。祭を励ますために、相当頭を悩ませていたらしい。

「どうして哲平くんはそんなにやさしいかな」

「やさしくないですよ。普通です」

以前も交わしたやりとりだと思い出し、完全に祭の肩の力も抜けた。

「やさしいよ」ともう一度念を押すように祭は言った。

「もし、先生がそう感じるなら」と哲平が少し口の端を引き上げて答えた。「似てるから、かもしれませんね。先生も俺と似たところがあるから、先生を慰めることで自分を慰めている気になってるだけかもしれません」

「似てるかな」

「似てますね」

「哲平くんも換毛期があって高身長で足も臭くないわけか」

ふざけて言うと、ばしっと腕を叩かれた。しまった、という顔をしたが、祭がははっと笑うと、ほっとしたように哲平も笑った。

あーあ、と声に出す。あーあ。

そうすると、溜めていたモヤモヤがとてもくだらないことのように思えて、馬鹿らしくなった。見栄も、プライドも、期待も、慢心も、驕《おご》りも、持っていても何の価値もないものだ。

今の自分の、露崎祭の、価値。

「見栄張ってないで大企業だけじゃなく中小企業も受けなきゃなあ」

祭のつぶやきに、哲平が思いついたように言った。

「先生、教えるのうまいから、教師に向いてると思うけど」

「教師？」

「はい。説明、すごくわかりやすいです。今まで習ってきたどの先生たちより、ずっと」

「そっか。でも教員免許取るには遅すぎたなあ」

「今からじゃ遅いんですか」

「教育実習は三年次が主だし、そのための単位も取ってないしね」

「そうですか」

残念そうに哲平が俯いた。

「ありがとね」

その頭をぐりぐり撫でて、祭は気合いを入れるように手を叩いた。

「湿っぽいの終わり！　さ、勉強しようか」

にゃあ、と猫らしくなった鳴き声で、哲平の代わりにクロが返事をした。

学生支援センターの中にある就職相談窓口に行くと、もうすっかり顔なじみになった職員が祭を見るなり、ああ、と困惑した顔になった。

「露崎くん、こんにちは」

「どうも」

「結果、どうだった？」

「ダメでしたね。書類と筆記で落されました」

「そっか」

うーん、と祭のプロファイルが書かれたパソコンの画面を見ながら唸《うな》る。もう何度も相談に訪れていて、祭に教えられることはほとんど残っていない、らしい。それにきっと、祭は彼にとって少し扱いにくい相手でもあるのだろう。

「あの、志望先のジャンル、ちょっと変えようと思うんですけど」

「え？　バイオ系じゃなくていいの？」

眉間に寄せられていたしわが、ぱっと開いた。

「はい。バイオも受けるんですけど、他も受けてみようかなって」

哲平に言われたとき、思いついたことがある。

「あの、塾講師とか家庭教師って、教員免許なくてもなれますよね」

祭の質問に、職員の顔色が一瞬にして曇った。

「なれるにはなれるだろうけど、多分不利だよ。それに、」

言いかけて、はっとしたように口を塞ぐ。何を言いたいのか、だいたいわかる。

「人前に出るような職業は、俺には難しいっていうのは、わかってるんです。塾講師とか、人気商売って聞くし、俺みたいなのは、多分嫌がる人も多いだろうから」

職員は黙ったまま、ぽりぽりと頬を掻いた。沈黙は肯定だ。

「でも、俺の教え方、うまいって言ってくれる子がいたんです」

「今、塾講のバイトをしてるの？」

「いえ、個人的な家庭教師です。高認を受けたいって子に、高校の授業を教えてます」

「それで、その子にうまいって言われたから選択肢を広げることにした、と」

納得のいかない声で職員は腕を組んだ。甘い、とでも思っているのかもしれない。

「それだけじゃ、ダメですかね」

だが、自分の将来を決めるのが、哲平のそのたった一言では、ダメだろうか。もちろん、大学で学んだ構造生物学を活《い》かせる職につくことも諦めてはいない。

ただ、そういう選択肢もあっていい、と思ったのだ。

大企業の研究職という祭の中で凝り固まっていた将来像が壊れたとき、思った以上に他にたくさんの選択肢があるのに気がついた。

その中で、哲平が挙げてくれた教師という選択肢。学校で教えることはできなくても、道はある。

そして祭はその道を模索したいと思うくらいには、教えるという行為が嫌いではなかった。向いている、と自分でも思う。ただ、哲平が優秀だからかもしれないが、生徒と一緒に自分自身も勉強するのは苦じゃないということに、気づかされたのは事実だ。

「明確な理由なんて、一体どのくらいの人間が持ってるんでしょうね」

ふっと悟ったように祭が笑うと、職員はごまかすように「それもそうだけどね」と、パソコンをカタカタいじりだした。そしてしばらくすると、プリンタから出力した紙を数枚、祭に差し出した。

「これ、求人出してる塾の一覧。まだエントリーに間に合うのも多いから、応募してみなさい」

「ありがとうございます」

「大変だけど、がんばって」

渋い顔をしてしまったことを後悔したのか、職員は最後には笑顔で祭の背中を押してくれた。この人もまた、悪い人ではないのだ。

受け取った求人票を大事に抱えて、祭は履歴書を買うために売店へ向かうことにした。


「露崎」

後ろから呼ばれて、ぴくりと耳が反応した。聴こえてしまったからには無視するわけにはいかない。

「どうした、村瀬」

振り返って手を挙げると、村瀬はほっとしたように手を振った。元から気弱そうな顔つきをしているが、笑うとさらに目尻が下がって頼りなげになる。

「これから講義？」

「午後一に一コマ。研究室にはそれが終わったら戻るよ」

「今日バイトは？」

「ないよ。どうして？」

訊き返すと、村瀬は気まずそうに口を歪《ゆが》めた。そう言えば、今日は他のみんなは用事があるとかで、最後まで研究室にいられるのは祭と村瀬と、それから――

「森川のこと？」と祭は言った。「それなら気にしなくていいよ」

　森川の内定が決まったとき、祭が何を思ったのか、村瀬は気づいている。だが気づいたからといって、それがイコール理解とは限らない。村瀬は院への進学がほぼ決まっていて、正直あとがない祭の気持ちなんて半分も理解していないだろう。

　でも、それは仕方のないことだ。村瀬は祭ではない。祭だって、村瀬の気持ちはわからない。

「悪気はないんだよ、あいつ」

　庇《かば》うように村瀬が言った。

「わかってるよ」

「ただ、壊滅的に無神経なだけなんだ」

　まじめな顔で力説され、祭は噴き出した。

「それ、ただの悪口だろ」

「あっ、いや、そうじゃなくて」

「いいよ、なんとなくわかるから。無神経で空気が読めなくて嫉妬深くて短絡的だけど悪いやつじゃない」

「それこそ悪口じゃないか。お前、森川のこと嫌いなのか？」

　少し考えて、祭は止めていた足を動かしはじめた。村瀬もそれについて来る。

「普通」と祭は答えた。「たまにイラつくくらいで、喋ってると楽しいとは思う。研究もまじめにやってくれるし。向こうもそう思ってるんじゃない？」

「訊いたことはないけど」

「じゃあ俺にも訊くなよ。意味ないだろ、そんなのは」

ぶおん、と尻尾が空を切る。その動きを、村瀬が目で追う。

「俺のこともそう思ってる？」

「そうって？」

「嫌いじゃないけど、好きでもない」

祭は隣に並んだ村瀬を見下ろした。

「お前はどうなんだよ」

「友達だと思ってるよ、露崎のことも、森川のことも」

「ずるい返しだな」

「いや、ちゃんとした答えだよ。好きじゃなきゃ友達なんて言わないだろ」

「それで？　友達っていうのを確認して、村瀬は何が言いたいわけ？」

まさか、本当にお友達だという確認が本題じゃないだろう。だが、祭の問いに、村瀬は不思議そうに首を傾げた。

「何が言いたいって、別に。森川は大丈夫なんだろうけどさ、お前は違うだろ。だから、ちょっと心配しただけ」

再び歩みが止まる。は？　と祭は眉間にしわを寄せて村瀬を睨んだ。

――俺と森川が違う？

「どういう意味だよ」

カチンときた。

村瀬は祭の睥睨《へいげい》に少したじろいだが、「勘違いするなよ」と両手を振った。

「性格のことだよ。森川はあんなだから言ったこともすぐ忘れて元通りだけど、お前は根に持つだろ」

「根に持つって、」

ぐ、と祭は開きかけた口を閉じた。このまま喋れば、喉の奥から威嚇音が出そうだった。

いつもこうだ。怒ると変な音が出るから、祭は誰かに対して本気で怒れない。怒っても、言葉を呑み込んで、黙るしかない。

「ぎくしゃくしたままでいたくないんだよ」と村瀬が言った。「みんな進路もバラバラだし、卒業したらハイ終わりって関係、俺は嫌だよ」

「……変に気を遣ってるのはそっちだろ」

深呼吸したあと祭がそうつぶやくと、村瀬はぎゅっとこぶしを握った。その手が微かに震えていて、祭は少し罪悪感を覚えた。そんな気はなくても、祭の容姿は相手を怖がらせるには十分に過ぎる。気まずさに顔を逸《そ》らすと、そんな祭に向かって、

「そういうお前はどうなんだよ」

と、村瀬が言った。

「は？」

視線を戻すと、精一杯目を吊り上げた村瀬が祭を睨んでいた。

「お前だって、俺らとは違うって線引きしてるじゃないか」

怒ってもお前は全然怖くないんだな、と垂れたままの目尻を見て、思った。

ぶわっと風が吹いて砂埃《すなぼこり》が舞った。うっと呻いて村瀬が目を閉じた。砂が入ったのか、目元をごし擦る村瀬に、祭は無言で背を向けた。

「露崎っ」

歩き出した祭に、村瀬が呼びかける。だが、その声を無視して祭は歩き続けた。

——お前だって、俺らとは違うって線引きしてるじゃないか。

村瀬の言葉が、ぐるぐると頭の中を回る。

今はうまく喋れそうになかった。自分の意思とは関係なく、全身の毛が逆立つ。喉の奥から、グルルッ、と低い音が出る。すれ違う学生が、ぎょっとしたように祭を避ける。

しばらく歩いて、工学部の研究棟の裏手に回り、誰もいないのを確認して、思いっきり壁を蹴った。大きくため息を吐くと、少し頭から血が引いた。そして、ああ、図星を指されたからあんなにも腹が立ったのか、とようやく合点がいった。

このあいだ、哲平に話したばかりだ。自分はプライドだけが高く、獣化症であることが特別だと思いたがっている、ただの人間だということを。それなのにまだ、無意識にプライドを捨てきれず、特別であろうとして、こんなふうに友人を傷つける。

「だっせ」

力が抜けて、その場にへたり込む。

「だっせぇだっせぇ」

あーあ、とつぶやいたら、哲平に会いたくなった。

自分のこんな姿を見たら、哲平は何と言うだろう。ダサいですね、とまじめな顔で頷きそうだ。その様子を想像して、笑いが零れた。

もう一度、はあ、とため息をついて、スマホを取り出す。

ごめん、と村瀬にＬＩＮＥを送ると、すぐに『こっちこそ』と返ってきた。

仲直りをするのは久しぶりだ。少し気恥ずかしくて、尻尾がいじいじと地面を掻いた。


七月に入って、梅雨もそろそろ明けてきた頃、ポストに祭宛の郵便が届いていた。薄めだったので期待はしていなかったのだが、開けてみると筆記試験の合格通知と面接試験の案内状が入っていた。

「マジか」

初めて面接までいけた。

ぶんぶんと機嫌よく尻尾を振り回していると、学校から帰ってきた楽が訝しげに訊いた。

「気持ち悪いほどご機嫌だな。なんかあったん？」

「ああ、一次試験受かったんだ」

「へえ。どこの企業？」

「進学塾だよ。ほら、駅前にある」

「教員免許もないのに？」

「ある程度の頭があればいいんだってさ。知ってるか、楽。俺は結構勉強が得意なんだよ」

幸い、祭の通っている大学は名前を出せばそれなりに尊敬の目で見られるような難関大学だった。その塾に通う生徒にも目指している人が多いと聞く。卒業生も多く就職していて、ある意味ホームだ。

「兄貴、人前で話すの得意だったっけ」

冷蔵庫からコーラを取り出して、祭が戸棚に隠しておいたポテトチップスをさりげなくTシャツの中に隠し、楽が自分の部屋に引っ込もうとする。いつもなら文句を言うところだが、今日の祭は機嫌がいい。ポテチくらいくれてやる。

「得意かどうかはわかんないけど、見つめられるのには慣れてるさ」

リビングを出ようとしていた楽が振り向いた。ガサッ、と袋の鳴る音がした。一瞬、しまったという顔をした楽に、祭はいいよいいよと手を振った。にっと楽が笑った。

「ま、がんばれ」

丸くなったな、と思う。まだまだ反抗期だが、三年前よりずいぶんマシだ。あの頃の楽は、祭と一切口をきかなかった。

だが、当時楽がひねくれていたのも無理はないと思う。自分の兄が容姿の特異な獣化症患者で、おまけに父も他界して母子家庭になったばかりだった。

学校でいろいろ言われ続けていたらしい楽は、ただ黙ってひとりで耐えていた。祭と母に暴言すら吐かず、いや、吐かないために口を閉ざした。母もそれがわかっていたから本気では楽を叱らなかった。

高校に入って環境が変わったせいか、だんだんと楽の態度は軟化していき、今のような状態にまで落ち着いたが、もしかしたらまだ何か言われることもあるかもしれない。本来明るくて人好きする性格なので、いじめはそれほど心配していないが、楽本人のせいじゃないことで楽が傷つくことがあるとすれば、兄として申し訳なくなる。

感傷に耽《ふけ》っていると、ピピッとアラームが鳴った。そろそろ哲平の家へ向かう時間だった。テキストを鞄《かばん》に詰め、家を出る。

――俺が塾の就職試験を受けたと聞いたら、哲平は驚くだろうか。

筆記試験に受かった喜びがまた押し寄せ、感傷を洗い流していく。

坂道を自転車で上っていると、瑞々しく葉を茂らせた木々の隙間から陽《ひ》の光が射し込んでくる。夕方でもまだ強いその光に、本格的な夏が近づいて来ている気配を感じる。

哲平は、ちゃんとこういう景色を見ているだろうか。四季の移ろいを、温度を、匂いを。

あの狭い部屋の中は、疑似的な彼の庭だ。居心地はいい。でも、そこで完結してしまってはいけない場所だ。遅かれ早かれ、大学に通うことになったら、彼はあの箱庭を出て行かなければならない。

そしてその頃には、祭はもう哲平の先生ではなくなっている。

だったら今のうちに、哲平と一緒に外の景色を見てみたい。哲平が祭に新しい景色を見せてくれたように、祭もまた、哲平に自分が見ているこの景色を見せてやりたい。そう思った。

みゃあ。

部屋のドアを開けると、キャットタワーの上に登っていたホーが祭めがけて文字どおり飛んできた。それを受け止めて顎下を撫でてやると、すぐにゴロゴロと喉を鳴らす。

哲平の細やかな世話のおかげでたっぷりと体重の増えた二匹は、もう離乳食から普通のキャットフードに切り替わりはじめたそうだ。

「特にホーは先生のことが好きですね」

冷たいカフェオレをトレイに載せた哲平が、ドアを後ろ手に閉めて言う。

「先生が来たらご飯食べてても飛んでいくし」

「ホーは誰に対してもこうだけど、クロはちょっと警戒心が強いなあ」

どこにいるかと思えば、クロのほうはベッドの下からこちらをじっと窺っていた。祭が呼ぶとようやくはっとしたように寄ってきて抱っこをせがむ。

「うちの母親には寄りつきもしません」

「ああ」

だろうな、と苦笑が漏れる。哲平の母親は、少し構いすぎる傾向がある。祭のときもそうだったから、猫に対してもそうなのだろう。

「そういえばさ、この前、俺に教師になればって言ってくれたじゃん？」

勉強机に数学の教科書を広げていた哲平が、椅子を回して振り返る。

「言いましたね。向いてると思います」

「うん。それで、学校の先生は無理だけど、塾ならいけるなって思って、試験受けたの。で、筆記は受かった」

「えっ、それはおめでとうございます」

くりくりと大きな目を見開いて、哲平が口角をぎゅっと上げた。うれしさを前面に出すのは恥ずかしくて、祭は猫をあやすのに夢中なふりを続けて、大したことじゃないふうを装った。

「まだ面接があるから喜んではいられないんだけど。初めて面接までいけたから、哲平くんにお礼言っとこうと思って」

「俺は何もしてないですよ」

「ううん。アドバイスのおかげで塾っていう選択肢を増やせたから。ありがとう」

少し首を傾げて、迷いながら哲平は頷いた。

「どういたしまして」

「それでなんだけど」

腕の中で暴れはじめた二匹を床に下ろし、祭は切り出した。自転車を漕《こ》ぎながら、考えていたことだった。

「お礼も兼ねて、よかったら明日ご飯食べに行かない？　奢るよ」

え、と哲平はあからさまにたじろいで視線を伏せた。案の定だ。はじめからうまくいくなんて思ってはいなかった。だがこのままでは断られそうだな、と祭はずる賢く先手を打つことにした。

「あ、やっぱ俺と一緒じゃ目立つし、哲平くんも嫌だよな」

しょぼん、と耳を伏せる。すると、

「そうじゃないです」

予想どおり、哲平はすぐに首を振った。しかし、どうして嫌なのかは語らないまま沈黙した。

「じゃあオッケーってことで。昼前に迎えに来るから、ランチ食べに行こう。俺が前にバイトしてたとこ、結構おいしいんだ」

黙ってしまった哲平をよそに、祭はどんどん話を進めた。

「ご飯食べたらついでにペットショップと本屋に寄ろう。数学の練習問題、もう終わりそうだし、新しいの買わなきゃな」

哲平はまだ頷かない。同級生に会うのが嫌なのだろうかと、祭は窺うように付け足した。

「平日の昼間だから、普通は学校に行ってる時間帯だし、補導されちゃうかもだけど」

伏せられていた視線が上げられた。その目にわずかに希望が覗いたのを、祭は見逃さなかった。

「その店、どこにあるんです？」

「俺の大学のすぐ近くだよ」

近くに高校はない。余程のことがない限り、哲平の同級生には会わないだろう。

数秒悩み、ようやく哲平が了承した。やはりネックはそこだったらしい。

「わかりました。行きます」

「じゃあ約束」

祭も椅子に座り、ペンを持つ。

その日、哲平はあまり笑わなかった。ご飯の誘いは授業のあとにすればよかった、と帰りながら思った。

ピンポン、と呼び鈴を押すと、哲平ではなく母親が顔を出した。

「あら、こんにちは、先生」

「こんにちは」

ぴくぴくと動いた祭の耳を見て、彼女はにんまりと笑った。もちろん彼女の家でもあるのだからたまに顔を合わせることもあるし、どちらかと言えば好意的ではあるのだが、毎回物珍しそうというか、居心地が悪くなる視線を寄越してくる。いい加減見慣れてくれないかとは思うが、口には出せない。

「哲平くんいますか」

祭が訊くのと同時に、螺旋階段を当の哲平が降りてきた。

「先生、来る前にＬＩＮＥしてくださいよ」

「ああ、ごめん」

「母さん、ちょっと先生とご飯食べてくるから。ついでに参考書も新しいの買ってくる」

慌てたように靴を履いて、哲平は祭の身体をぐいぐい外へ押し出そうとする。

「哲平、先生と出掛けるの？」

母親の声が不安そうに揺れた。ふとデジャヴを感じ、なんだっけ、と考えてみたら、あのときと同じだと気づいた。家庭教師を始めたばかりの頃、哲平と母親の会話を盗み聴いてしまったときの、あの空気。

「俺は遊びにも行っちゃダメなの」

押し殺した声で哲平が言った。

「そういうわけじゃないのよ」

猫撫で声で言い、彼女はちらりと祭を見遣った。もしかして、自分と出掛けるのがまずいのだろうか。自分の息子が獣化症患者と歩いている、というのは外聞が悪いと思っているのかもしれない。だが、そうだとしたら最初から祭を家庭教師になど指名したりしないだろう。祭が頻繁に家に出入りしているのは近所の人にもバレているし、何をしているのかと質問されれば怪しまれないよう答えられる範囲で答えるようにしていた。

「心配しなくても夕方には戻るよ」

祭を玄関から追い出し、哲平も外へ出る。

「いってらっしゃい」という母親の声を遮るようにドアが閉まった。

「よかったの？」

「いいんです。変に心配性なだけですから」

それだけではない気がしたが、哲平は話したくないようだったし、話を長引かせて不機嫌になられても困る。

「晴れてよかったね」と天気の話をすると、哲平はほっとしたように笑みを浮かべた。

「はい。そろそろエアコンがフル稼働する時期ですね」

他愛のない話をしながら、バス停へ向かう。

すれ違う人の視線の量と囁かれる雑音に最初は戸惑っていた哲平だったが、祭が気にしていないのを見ると自分も気にするわけにはいかないと思ったのか、しばらくするときょろきょろするのをやめて祭との会話に集中するようになった。ただ、まだ完全にシャットアウトできてはおらず、時折首の後ろを所在なさげに掻く。だがそれでも哲平は、決して帰りたそうな素振りは見せなかった。

そこからバスに乗り、一回乗り換えを経て三十分ほどで目的の店に着いた。

店に入ると、他の客がぎょっとしたように祭を見た。ひそひそと獣人という単語があちらこちらから飛んでくる。

「露崎くん」

名前を呼ばれてそちらを向くと、店長がうれしそうに店の奥から出てくるところだった。どうしようかとあわあわしていた新人らしいアルバイトのウェイターを押し退け、店長自ら祭たちを席へ案内する。

「久しぶり。元気だった？」

「ええ。今この子の家庭教師のバイトをしてるんです」

祭が哲平を紹介すると、「よかった」と息を吐いたあと、店長は申し訳なさそうに眉尻を下げた。

「あのときは本当にごめんね。露崎くんが辞めたあと、なんで守ってあげられなかったんだろうってずっと後悔してたんだ。自分の店の店員は店長である僕が守らなきゃいけなかったのに。雇用主として失格だったなって」

すらすらと出てくる言葉に、ああ、この人はずっとそれを言いたくて、前から何度も考えてくれていたんだな、とわかった。偽善でもなんでもなく、これは店長の本心なのだろう。

「いいんです。俺にはもともと向いてなかっただけですから。それに、おかげで今は楽しいバイト先に巡り合えましたし。ね？」

哲平に同意を促すと、彼はわけもわからないまま、こくんと頷いた。

「そっか。露崎くん、根気強いから、きっといい先生なんだろうね」

「はい」

哲平がさっきより強く頷いた。

店長の顔から緊張が抜けたちょうどそのとき、すみません、と他のテーブルから店員を呼ぶ声がした。「ごめんね」ともう一度謝って、彼は祭たちのテーブルから離れていった。

そのあとも見知ったアルバイトの子たちがあいさつに来てくれたり、たまたま店に来た大学の知り合いが声をかけたりしてきて、そのあいだ目の前に座った哲平は居心地悪そうにメニューを眺めて過ごしていた。

声かけが落ち着いた頃、「先生、人気者なんですね」と哲平が感心と呆れとを半分ずつ混ぜた声で言った。拗《す》ねているようにも聞こえて、祭はおや、とまぶたを上げる。

「そんなことないよ。物珍しいから寄ってくるだけだよ。ごめんね、放置しちゃって」

言ってから、母が聴いたら怒りそうなフレーズだったな、と苦笑が漏れた。

「仮にそうだとしても、そこから友達になるのは、先生の人柄がいいからでしょう？」

違いますか、と純粋な目で訊《たず》ねられ、祭はその目に吸い込まれるように頷いた。

「そう、だね」

彼らを友達と呼んでいいのかは疑問だったが、哲平の言葉に、それもそうか、という気がしてくる。祭が仮に性悪だとしたら、ここのバイトももっと早くに辞めさせられていただろう。辞めるとき、バイト仲間に引き留められもしなかっただろう。

それにしても、と祭は思う。自分が知り合いにかまけているせいで、哲平が拗ねるとは予想外だった。しかし考えてみれば、今の哲平がリアルに話をする相手と言えば家族と祭くらいなもので、もしかすると哲平の世界の大半は祭が占めているのではという可能性に気づいてしまって、祭はそわりと尻尾を無意識のうちに揺らしていた。そして、そうならばうれしい、と感じている自分にも気づき、自分にとっても哲平の存在が大きくなっていることをこのとき初めて自覚した。まるで独占欲だ。

店自慢のカルボナーラを食べ、デザートにケーキも食べて会計をしようとすると、また店長が出てきて「奢りだから」と支払いを突っぱねた。祭は素直にご馳走になることにして、「また来ます」と店を出た。

「なんで辞めたんですか」

ペットショップまでの道中、まただらだらと昨日見たテレビの話をして、しかしふと会話が途切れたその隙間に、哲平が訊いた。食事中ずっと気になっていたらしい。

「お客さんから毛が入ってるってクレームが来てね」

祭が肩をすくめると、哲平はさっと渋面になって吐き捨てた。

「言い掛かりじゃないですか。そんなの、遺伝子検査でもしなきゃわかりっこない」

「でもまあ、真っ先に疑われるのはどうしても俺になっちゃうからなあ」

「でも」

「それまでにも同様のクレームは何件もあったんだと思うよ。店長だって、意地悪で俺を辞めさせたわけじゃない。ただ、やっぱり俺の見た目を不愉快に思う人はどうしたっているわけだし、飲食店っていうのは評判もつきものだから、どうしようもなかったんだよ。採用しようと思ってくれただけでもありがたいことだったんだ」

まだ反論したい気持ちを抑えるためか、哲平は大きく深呼吸をした。

「じゃあ、俺の家庭教師をやるために辞めたんだって思うことにします」

「そうそう。おかげで天職にありつけた。悪いことばかりじゃない」

「そうですね。悪いことばかりじゃない」

「うん。その当時は悪いことだと思っても、振り返ってみたらそうじゃないことって、結構あるよ」

「俺もいつか、そう思える日が来るのかな」

きっと、なんて軽々しく口にはできない。でも、そうだといい、と祭は思った。哲平もいつか、今抱えている何かを、糧だったと思える日が来ればいい。

ふわっと風が吹いて、それを受け入れるように、哲平が目を閉じた。切りそろえられた髪が揺れ、光に透ける。真っ黒だと思っていた哲平の髪は、外で見るとやはり少し明るく見えた。

閉じられていた目が開き、ふいにこちらを向く。視線が合うと、哲平は眩《まぶ》しそうに目を細めた。

「先生の毛、光に当たると少し金色に見えますね」

「……同じことを考えてた」

胸の奥から、じわっと温かいものが滲み出てくる。照れ臭いような、くすぐったいような、でもずっと感じていたい心地のいい温《ぬく》もり。

「先生？」

どうかしました？　と不思議そうに哲平が首を傾げた。

「なんでもない」

祭は微笑して緩く首を振った。

哲平を見ていると泣きそうになる。どうしてかわからないけれど、切なくて泣きそうになるんだ。そんなことを言っても、きっと哲平にはわからないだろう。

「陽射しが気持ちいいな」

「食べたばかりだから眠くなりそうです」

小走りに、哲平が前を行く。

「哲平」

「はい？」

バランスのいい小さな頭が振り返る。数秒して、祭の呼び方が変わっているのに気づいたらしい。にっと猫のように下まぶたが上がり、白い頬が朱に染まった。

「なあ、兄貴」

夕方、哲平と別れたあと大学へ行き、研究室で卒論用のデータをまとめて家に帰ったのは夜十時を回ろうとしていた頃だった。

風呂上がりの楽が、玄関を開けた祭を出迎えた。珍しいこともあるもんだ、と祭は身構えた。お小遣いでもねだられるかと思ったのだ。

「どうした」

だが、楽の口から出たのは意外な名前だった。

「今日、宇野ってやつと一緒じゃなかった？」

生乾きの楽の髪から、ぽとりと雫《しずく》が落ちる。

「……そうだけど。だって、哲平は俺の生徒だし。ってかなんで知ってんの？　お前今日学校あっただろ」

「テスト週間で午後休だったんだよ。っつか、カテキョって宇野のだったのかよ」

楽はいつも口が悪い。喋り方も汚い。険のある声も普段どおりだ。だが、いつもより少しばかり真剣だった。

「なんで？」と祭は訊いた。「哲平が俺の生徒だと都合が悪いの？」

「兄貴、あいつがどんなやつか知ってんのかよ」

「高校を中退したことは知ってるよ。だから俺が家庭教師をやってる」

「辞めた理由は？」

睨むように訊かれ、首を振った。

「いや、聞いてない。哲平が話したくないことだったら聞く必要はない」

廊下を塞ぐように立つ楽を押し退けて、リビングのドアを開ける。その背中に、硬いボールを投げつけるように楽が言った。

「あいつ、ホモなんだよ」

ボールの硬さに、祭はその場に立ち止まった。無言で振り返った祭に、楽が続けた。

「中学んとき、卒業式のあと同級生の男に告白したんだってさ。それで、キモいって振られて、それが噂《うわさ》になって高校入っても友達できなくてドロップアウトしたんだよ、あいつ」

――……変ですか、俺がそうだと。

俯いた哲平の顔を思い出す。

ああ、それであんな顔をしたのか。

哲平の秘密。学校を辞めた理由。

驚かなかったと言えば、嘘になる。でも、それ以上に祭は胸に飛来した怒りにぐっとこぶしを握った。

そんなことで、辞めたのか。学校を。男を好きになったという、たったそれだけの理由で。

――憧れるけど、恋愛はひとりでするものじゃないから。

――わかります。ひとりでするものじゃないっていうのは。

グルルル、と喉が鳴る。低く、呪うように、祭は唸った。楽が怯《ひる》んで、目を泳がせた。

「何が悪いんだ？」と祭は楽に訊いた。楽は言葉に詰まって、それから目を伏せた。それでわかった。

楽も本当は、自分が正しくないことを知っている。少し安堵《あんど》して、祭は深呼吸をして唸るのをやめた。

「楽は俺がいなければと思ったことあるか？」

「は？」

「俺と哲平は同じだよ。生まれたときから、自分じゃどうしようもなかった。自分じゃどうしようもないことで、俺は誰かを責めたくない。楽、お前もそうだろ？　お前は俺が兄貴でいっぱい嫌な思いしてきただろ？　そんな理不尽が、お前はあっていいと思う？」

チッ、と楽が舌打ちをして、生乾きの髪をがしがし掻いた。

「……思ってねぇよ」

楽はただ、兄の心配をしてくれただけなのだろう。噂のある哲平と祭が一緒にいることで、祭に降りかかるだろう余計な火の粉を、ただ防ごうとしていただけなのだ。

「カテキョは辞めないよ」と祭は言った。「哲平はいい子だ」

「勝手にしろ。好かれても知らねーからな」

「好かれると思ってるんだ」

チッとまた舌打ちをした楽の耳は、少し赤くなっていた。

「楽はいい子だなあ。ハグしてやろう」

楽の肩に掛かっていたタオルを取り、それで髪を拭いてやる。

「やめろクソ兄貴」

怒ったように祭の手を押し返しながら、楽が悪態をつく。その声にはもう、必要以上の刺々《とげとげ》しさは含まれていなかった。

「ごめんな、楽」

伸ばした自分の腕を眺めながら、祭は言った。

「いろいろ、言われてきただろ。俺のせいで」

「やめろよ」

「親父《おやじ》が死んで、母さんだけになって、しんどかっただろうに、お前は愚痴ひとつ吐かなかった」

「無視はしてたろ」

「それでも、俺はお前にひどい言葉を言われたことはない。中坊がひとりでぐっと耐えるってのは、なかなかできることじゃないよ」

祭の手からタオルを奪い取って、楽は背を向けた。その背中を見て、大きくなったな、と思った。

「昔は思ってたよ。なんでお前が兄貴なんだって。でも、今は別に、そういうの関係ねーって思ってるし、嫌な思いとかしてねーから」

「そっか」

「クロウとホーク、元気?」

「元気だよ。もう普通の餌を食べるくらい成長してる。今度長めの動画撮ってくるよ」

ん、と楽は頷いて、自室へと戻っていった。

入れ違いに入ったのか、風呂場から母の鼻唄が聴こえてくる。キッチンを見ると、祭の分のコロッケにラップがかけてあった。それを電子レンジで温め、ジャーに残っていたご飯をよそう。

――あいつ、ホモなんだよ。

楽から伝えられた真相を、祭の頭は正直、正確に把握できていたわけではなかった。ただ、その言葉に込められた侮蔑だけを敏感に察知し、哲平が自分と同じような境遇にいることだけ理解して、反射的に怒っただけだった。

今、ひとりになって、もう一度その意味を噛み砕いて、祭はようやく戸惑いはじめていた。

哲平は男が好きなのか。あの顔で、あの唇で、男に抱かれたいと思っているのだろうか、と変な色眼鏡がかかりそうになる。

「楽のこと怒れないな」

ふっと失笑して、コロッケを頬張る。温めすぎて、ぐんにゃりとしたその食感に、ため息が漏れた。

まあ、だからと言って、自分の哲平に対する態度は変わらない。哲平が気持ち悪いとも思わないし、そもそも自分が男だからって、この見た目で好かれるとは思っていない。

「恋愛はふたりでするものだからなあ」

そうひとり言《ご》ちたあと、その言葉にどことなく残念さが混じっている気がして、祭はぶんぶんとかぶりを振った。おかしなことを考えては哲平に失礼だ。

楽から聞いたことは、哲平には黙っていよう。そう決めて、祭は残りの夕食を掻き込んだ。


面接を受けた進学塾から、内定の通知が来ていた。それから、もう一度話がしたいので就職の意思があるなら都合のいい日に一度顔を出すようにという指示書も入っていて、祭はすぐ塾に電話をかけた。すると担当者は暇なら今日にでも来るよう言い、その日の午後二時、祭はさっそく塾に向かうことなった。

何度も着たおかげで、だいぶ馴染《なじ》みはじめたスーツをまとい、駅までバスで行く。そこから徒歩一分の場所にあるのが件《くだん》の進学塾だ。

祭の姿を見ると、話を聞いていたらしい受付の事務員の女性が笑顔で声をかけてきた。

「露崎さんですね。ご案内します」

平日のこの時間帯はまだ生徒の姿もなく、建物全体がしんとしている。案内された一階の奥の部屋の扉には、塾長室、と書かれていた。

「こんにちは、露崎さん。急に呼び出して申し訳ありません。ここの責任者の高遠《たかとう》です」

塾長は、五十過ぎのふくよかな女性だった。面接のとき見た気もするが、初めての面接に緊張していてあまりよく覚えていなかった。

彼女は祭に握手を求め、その手を握り返すと、もう片方の手でぽんぽんとやさしく肩を叩かれた。少しうちの母親に似ている、と祭は思った。

「ああ、いえ。露崎祭です。こちらこそ、このたびは内定をいただきましてありがとうございます」

「どうぞ、座って」

黒い革のソファに促され、祭は塾長と向かい合って座った。

「面接のときも聞きましたけど、今、家庭教師のアルバイトをやっているんですってね」

「はい。ひとりだけですが。高認用の勉強を教えています」

「高校に行ってない子に一から教えるのは大変でしょう？」

祭は哲平の几帳面な字を思い出して、首を振った。

「いいえ、優秀な子なので、それほど苦労はしていません。むしろ、私のほうが気づかされることが多いです。自分が意外と勉強するのが苦じゃないこととか、根気強いほうなんだとか、あと、丸のつけ方がきれいだとか」

「いい生徒さんなんですね」

塾長がくすくすと笑いを零す。

「ええ」と祭は頷いた。「自慢の生徒です」

楽に哲平の話を聞いてからも、祭は哲平への態度を特に変えなかった。哲平は祭が知っていることを知らないし、今までどおり過ごしたところでまさか自分が好かれるわけがないのだから、不自然に距離を取ったら、それこそ自意識過剰だ。

それに、事実を知っても、いや、事実を知ったから余計に、祭は哲平のことをより近く感じるようになっていた。

哲平の背負ってきた苦労を、自分だったらよく理解できるし、祭の苦労も哲平はわかってくれる。授業を重ねて、哲平と会えば会うほどに、特別感は強まる一方だった。徐々に心を開いてくれる哲平を、家族のように、弟のようにかわいく思うのは仕方のないことだった。

「露崎さんはきっとここでもいい先生になれますよ」

「そうなれるようがんばります。ご指導ご鞭撻《べんたつ》、よろしくお願いします」

祭が頭を下げると、塾長が姿勢を正した。笑顔が消え、まじめな顔になる。

「今日お招きしたのは、少しお話ししておかなければならないことがあったからです」

なんとなく、予想はついた。祭も背筋を伸ばし、膝の上でこぶしを握る。

「どうして、我々があなたを採用したのか、ということです」

「はい」

「あなたにとって、少々不愉快な内容になるかもしれませんが、隠しておくのもフェアではないので、正直に申し上げます」

「獣化症のことですね」

「ええ。もちろん、あなたの筆記試験や面接の得点が優れていたから、というのも採用を決めた一番の理由ですが、それに加えて、その病気のことがあったからです。打算、と言ったら語弊がありますが、我々はあなたを採用することでどんな人でも受け入れるイメージをつくりたいと思っています」

そう言われ、ふと小中学校時代を思い出す。

新しいクラスになると、毎回決まって獣化症についての特別授業が開かれ、祭は見世物のようにみんなの前に立たされた。

こういう病気もあるんですよ。だけどみんなと違いはありませんよ。だから露崎くんと仲良くしましょう。

当時は、本当に嫌だった。みんなと違わないと言いながら、祭のためだけに開かれるその授業は、却《かえ》って祭の存在が異質なのだという他ならない証拠だったから。

だが、今は違う。そう説明する意味も、意義も、社会の中でコミュニケーションを取るには必要不可欠なことなのだと理解できる。そして塾長の言う打算が、祭にとって悪いことばかりではないということも。

「マイナスイメージにはなりませんか？　たとえば、保護者からクレームが入ったり」

「クレームが入っても、それはあなたのせいではないでしょう？　それに、そういう理由で何か言われても、獣化症患者差別禁止法に引っ掛かると言えば黙ります」

「そうかもしれませんが、クレームを言わないまま黙って去っていく人は止めようがありませんよね」

「それで去りたいならそうすればいい。でもね、露崎さん。私は去る人以上にあなたに興味を持ってこの塾に来てくれる人も多いと見込んでいます」

「マスコットになれと」

「そうですね。悪い言い方になりますが。でも、ただのマスコットで終わらせないでほしいんです。しっかり勉強も教えられる、プロフェッショナルになってもらわないと、それこそお飾りの悪い評判だけがついてしまう」

「それは、責任重大ですね」

「ええ。責任重大なんです」

そこでようやく、ふっと塾長の顔に笑みが戻った。

「それができる人だと思わなければ、最初から採用したりしませんよ。もし他に獣化症の人が試験を受けていたとして、指導に向いていない性格だったら、即刻落としています。勝てると思った勝負にしか、私はベットしないんです。あなたはいい講師になる」

「私は、そこまで期待されている、と自信を持っていいんでしょうか」

「ええ。自信を持ってください。これから私たちの仲間になるんですから」

まっすぐに力強い視線で、彼女は頷いた。

ここならやっていける、とその目を見て祭は確信した。この人は優れた経営者だ。自分の懐に入った人間を、決して裏切らない。

「あなたさえよければ、来年の三月から、アルバイトを兼ねてうちで研修をしましょう。その頃には卒論も終わっていますよね？」

「はい」と頷きかけて、哲平はどうしよう、というのがはたと頭をよぎった。もともと、祭が大学を卒業するまでの契約だったが、哲平の受験までもう一年ある。自分のあとに他の家庭教師をつけるつもりだろうか。

嫌だな、と思わず唇を噛んだ。

「露崎さん？」

「あ、いえ。大丈夫です。よろしくお願いします」

深々と頭を下げ、了承する。

それから、同僚になる講師や事務員を紹介してもらったり、教室の案内をしてもらったりと、着実に就職後の未来があるのだという実感が湧いてくる。

本来ならば喜ばしい場面なのに、だが祭は哲平のことが頭の隅に引っ掛かったままで、最後までどこか上の空だった。

　内定が決まったと哲平に伝えると、彼は思った以上に喜んでくれて、お祝いしましょう、と母親に頼んでケーキをご馳走してくれた。ついでに夕飯にも誘われ、祭は久しぶりに哲平の父親にも会うことになった。

　仕事から帰って早々、夕食前にビールを開けた彼に付き合って、祭もテーブルに着いた。哲平も隣に座り、麦茶片手につまみのサラミを食べる。キッチンでは哲平の母親が料理をしていて、うちでは嗅いだことのない匂いが漂ってくる。

「祭くん、哲平の勉強はどう？　ちゃんと進んでるかい？」

「はい。問題なく。優秀すぎて教えることがないくらいですよ。このまま行けば東大《とうだい》も夢じゃないですね」

「先生、大げさです」

　哲平が困ったようにテーブルの下で祭の裾を引いた。

「ははっ、東大か、いいね。どうだ、哲平。目指してみないか？」

「無理だよ」

「俺はお世辞は言わないよ」

　祭がそう言うと、哲平はぱっと仰け反って祭の尻尾を覗《のぞ》いた。揺れていないのを見て、「ほんとだ」とつぶやく。先生はポーカーフェイスだから、と最近の哲平は祭の言葉の裏を尻尾で見極めようとする。幼稚園のときの楽と同じ行動で、少し微笑ましい。

「こら、哲平。失礼じゃないか」

父親が見咎めて哲平を叱った。

「ああ、いいんですよ」

獣化症だからと必要以上にじろじろ見られるのは嫌だが、尻尾のことを見ないようにされるのも、それはそれでありのままを無視されているようで悲しい。しかし、そのあいだのちょうどいいところを哲平はもう知っている。だから尻尾の揺れ具合をチェックされるのは全然嫌ではなかった。哲平が困惑しているかを見極めるのに祭が彼の足先を見るのと同じ行為だ。

んんっ、と哲平の父親が咳払いをし、空きかけていた祭のグラスにビールを注いだ。

「それにしても、祭くんも就職が決まってよかったね。これでお母さんも安心なんじゃないか？」

「ええ。大企業ではないですけど、意外といい条件のところで。母にようやく親孝行ができます」

「そうかそうか」

軽くグラスを合わせ、半分ほどを一気に飲み干す。

「それでですね」

祭は鞄から塾のパンフレットを取り出し、哲平の父親の前に置いた。

「俺、三月から研修も兼ねてここでアルバイトをすることになりまして、約束より少し早いですが二月までで哲平くんの家庭教師を辞めなきゃいけなくなりました」

「えっ」

哲平が驚いたように祭を見た。哲平にもまだ伝えていないことだった。それに謝るように瞬きをして、哲平の父親に向き直る。

「それで、もしよかったら、哲平くんをこの塾に通わせられないでしょうか」

内定が決まってから、考えていたことだ。

「教室での授業だけじゃなく個別授業もありますし、哲平くんが指名してくれたら俺が担当になれるというのも塾長に確認済みです」

「駅前の塾って、でも、なあ。近隣の生徒も多く来るんだろう？」

ちらりと父親が哲平を見た。哲平はかたい顔でパンフレットを睨んでいた。父親が静かにため息をついた。

「祭くん、申し訳ないけど、哲平はこういうところには行きづらい理由があるんだ」

「理由というのは？」

「父さん」

遮るように哲平が首を振った。祭は下を向く哲平を覗き込んだ。

「でも、そしたら哲平はどうするの？　来年また別の家庭教師を雇う？　哲平ならひとりで勉強しても十分いい成績が取れるだろうけど、それでも結構大変だと思うよ」

「それは、そうですけど」

歯切れ悪く言い、哲平の呼吸が少しずつ浅くなっていく。彼の爪先が丸まっているのが、見なくてもわかった。

ごめんな、と祭は心の中で謝った。

でも、こうでもしないと哲平は決心してくれないだろうから。

気まずい空気が流れて、数秒。そろそろかな、と祭は沈黙を破った。あまり追い詰めすぎると逆効果だ。

「っていうか、正直に言うとね、俺が来てほしいと思ってるんだ。せっかく仲良くなったんだし、哲平がきちんと大学に受かるまで、責任持って教えたい」

はっと哲平の顔が上がった。その顔に微笑んで、頷く。

「どうする、哲平」

父親が訊いた。

「俺は、でも……」

見知った人に会うのが嫌なのだろう。哲平の視線がうろうろとテーブルの上をさまよう。

中学が別だったはずの楽が知っているくらいだから、西高の同学年の生徒はほぼ知っていると考えてもいい。確かに哲平にとってつらい環境になる。また何か言われるんじゃないかという不安がつきまとうのも無理はない。

「祭くんの後任探しはなかなかむずかしいから、塾に通うのが一番だと父さんは思うがな」

「むずかしい？　家庭教師探しがですか？」

「ああ、何しろ条件が、」と言いかけて彼はしまったと口を閉じた。哲平も解けかけた眉間にくっきりとしわを寄せて再び黙った。

哲平の家庭教師の条件。

しばらく考えて、ああ、そういうことか、とようやく理解した。初めて会ったとき、哲平も「そういうことね」と言っていたのを思い出した。

つまり、哲平の家庭教師は女はもちろんのこと、男ではダメなのだ。哲平の恋愛対象が男だから。そして男であるにもかかわらず選ばれた祭は、つまりは普通ではなく、確実に彼の恋愛対象外であると思われているということだった。

獣人なんて好きになるわけがない。人間とは違う。そう思ったからこそ、哲平の父親はわざわざ獣化症の祭に声をかけたのだ。

ずいぶん仲良くなったのね、という母親の言葉も、そのときの哲平の張り詰めた空気も、全部「そういうこと」だったのか。ようやく全部が繋《つな》がった。

だが、それがわかったところで、祭は何も言えなかった。祭はそれを知らないことになっている。わかった素振りを見せれば、哲平が傷つくのは目に見えている。

「家に出入りするのに信頼できて頭がよくてルックスもいい俺みたいな人間となると、そりゃあなかなかいませんね」

祭は肩をすくめておどけてみせた。

「ああ、そう。そうなんだよ」

ほっとしたように哲平の父親が同意した。

「足も臭くないし」

かたい声のまま、哲平が場を和ませようと付け加えた。

「最大のアピールポイントだ」

「考えておきます」と哲平が早口で言った。「来年、塾に行くかどうか」

「うん。そうしてくれると助かる」

夕食には、哲平の母親の得意料理だというボルシチとピロシキが出てきて、食べ慣れない味に舌鼓を打ちながらビールやらワインやらをちゃんぽんし、ふわふわと酔いが回りはじめた頃、母から早く帰ってこいとメールが来た。私の上司に迷惑をかけるなとのことだった。それもそうだ。『今から帰る』と返信し、九時過ぎに哲平の家をあとにする。

「いやあ、飲んだ飲んだ」

お腹を押さえて自転車に跨《また》がろうとしたのを、門の前まで見送りにきていた哲平に止められた。

「自転車も飲酒運転になりますよ」

「そうだった」

仕方なく跨るのをやめ、押して帰ることにする。さようなら、と手を振りかけた哲平に、祭は酔ったままの頭で言った。

「なあ、哲平。塾のこと、いきなりお父さんに話してごめん」

「いいえ、いいですよ」

いいですよ、と言いながら、哲平の顔は全然よさそうじゃなかった。

「契約期間も勝手に縮めてごめん」

「就職するなら仕方ないです。どのみち三月までのでしたし」

「塾に来てくれるの、待ってる」

「……はい」

「あと、責任持って哲平が大学受かるまで教えたいって言ったの、半分嘘なんだ。それもごめん」

「嘘って」

傷ついたように顔をしかめた哲平に、祭は微笑を返した。

「あとの半分はね、俺以外にあの部屋に入ってほしくないっていう、俺のわがまま」

わからない、と哲平が首を傾げた。わからないだろう、と祭は哲平の頭に手を遣った。びくっと肩が揺れ、だが受け入れるようにそっと力を抜く。その頭を、わしゃわしゃと祭は掻き回した。

「哲平が他の人と仲良くなるの、なんかちょっと嫌だなあって思って。俺から巣立っていく哲平を見るの、なんかやだ」

仲良しの友達が、自分以外と遊んでいるときの疎外感。自分がその子にとっては一番じゃないと突きつけられたときの、嫉妬心。おそらくは、一緒にランチを食べに行ったあの店で、哲平が感じていたような、独占欲の話なのだ、これは。

昔から、こんな自分だから誰かの一番の友達になれないのは仕方ないことだと諦めて折り合いをつけてきたが、哲平のことだけは、まだもう少し手元に置いておきたいと思った。自由な世界へ羽ばたいていく前の、狭い世界にいるあいだ。ほんの短い受験期間だけでも、自分は哲平の一番の理解者でありたかった。哲平にもそう思っていてほしかった。

「そんなこと、言わないでください」

頭を撫でる祭の手に、哲平の手が重なる。

「なんで？　迷惑だった？」

「ううん。そうじゃなくて、俺は、」

「俺は？」

「そんなこと言ってもらえる人間じゃないから」

「どうして」

「どうしてもです」

手が、ゆっくりと外される。

「先生、おやすみなさい。気をつけて帰ってください。自転車乗っちゃダメですよ」

「ああ」

別れを告げて、歩き出す。しばらく坂を下って振り返ると、哲平はまだじっとそこに立っていた。

もう一度手を振って、また歩き出す。

「そんなことないよ」

祭は人気《ひとけ》のない道で吐き出すようにつぶやいた。

「哲平の秘密を知っても、離れない人間だっているよ、ここに」

伝えたいけれど、伝えるのはむずかしい。だから早く、哲平のほうから打ち明けてくれる日が来るといい。そしたら万全の状態の自分が、受けとめてやれるのに。

もどかしさをため息に溶かし、祭はもう一度振り返った。哲平の姿は、坂に阻まれてもう見えなかった。


大学も夏休みに入り、卒論もいったんは休止期間に入った。就活も終わった祭は特にすることもなく、大学の友達と遊びに行ったり、だらだらと最後のモラトリアムを楽しんでいた。

哲平とも、あれ以来たまに出掛けるようになっていた。少しずつ人目に慣れておこうという哲平自身の決心もあるようだった。そしてはじめは渋っていた哲平の母親も、哲平が積極的に外に出ること自体はうれしいらしく、近頃は笑顔で送り出してくれる。

今日もまた、祭は哲平を誘ってふたりでぶらぶらと郊外を散策していた。

夏休みと言えど平日の昼間、しかも若者が集まりそうな繁華街から離れた辺鄙《へんぴ》な場所を選んで出掛けているので、哲平の同級生にはまず遭わない。獣化症の祭が目立つのは仕方ないにしても、哲平は誰も自分を知らない場所でのびのびと過ごせる。

「もうすぐ全国模試あるじゃん？　申し込みちゃんとした？」

「しましたよ」

ワゴンショップで買ったハンバーガーをベンチに座ってかじりながら、哲平が不貞腐れたように手を振った。

「そんなに信用ないですか、俺」

「そうじゃなくて、俺が心配性なの」

ミンミンと蟬《せみ》の声がやかましく、哲平の額にもじんわりと汗が滲んでいた。

「暑いね」

「暑いですね」

「海に行きたい」

「先生泳げるんですか？」

「泳げるよ。遠泳も得意」

「俺は海は苦手です。泳げないわけじゃないけど」

ずずっとアイスティーを啜《すす》って、哲平が袖で汗を拭った。

「海、怖いの？」

「怖いっていうか、ベトベトになるじゃないですか。塩分が嫌です」

「これだから最近の若い子はー」

「そんなに離れてないじゃないですか」

「いや、五歳差は結構でかいと思う」

「まあ、確かに、先生は大人だなって思うことも多いですけど」

「そう？　哲平も落ち着いてるから大人っぽく見えるよ」

祭がそう言うと、照れたように口元を引き締め、視線を逸らす。

「いいですよ、そんなお世辞は。ガキくさいなって自分でも思うこといっぱいありますから」

「素直に褒められたことを受け取れないところとか、こんなところにパンくずつけちゃってるところとか？」

からかうように言って、祭は哲平の左頬についた食べこぼしをそっと拭った。赤ん坊にするような仕草に見る見るうちに哲平の顔が赤くなって、だが反論する言葉が見つからないのか、眉間にしわを寄せてハンバーガーを口に押し込む。

祭はそんな哲平に爆笑しながら、食べ終わったハンバーガーの紙ごみをくしゃりと丸めた。

「そんなに急いで大人にならなくてもいいんじゃない？」

「じじくさいこと言いますね、先生」

反論とばかりに哲平が睨む。怒っているというより、まだ引かない照れ臭さを必死にごまかそうとしている顔だ。

「早めに巣立たれると寂しいからさ」

哲平も食べ終わったのを見て、彼の手からごみを奪って備え付けのごみ箱へ投げ入れる。ナイッシュー、と哲平が手を叩いた。

「さて、行こうか」

少し歩いた先に、小さな牧場がある。今日の本当の目的は、そこにいるアルパカだった。この前一緒にテレビを見ていたとき、たまたまこの牧場の紹介をしていて、本物をまだ見たことがないと哲平が言っていたので、見せてやりたかった。

「結構人がいますね」

平日にもかかわらず、親子連れがわらわらと入場口に集まっているのが見えて、哲平が気後れしたように立ち止まった。

「まあまあ、せっかく来たんだし」

哲平の背中を押して、祭たちもゲートに近づく。すると、「わー！」と小さな子どもたちが祭を指差して悲鳴を上げた。

「わんちゃんがいる！」

「二本足で立ってるよ！」

「服着てる！」

こら、とそれをたしなめる親もいれば、子どもと同じように好奇に満ちた目で見てくる親もいた。街を歩けば似たような反応は起こるが、こんなにも子どもが密集しているところに来るのは久しぶりだった。

祭は「こんにちは」と愛想のいい顔をつくって手を振った。尻尾を振ってみせると、「わあ～！」とうれしそうな声を上げて子どもが寄ってくる。

「人気者ですね」と哲平が言った。

「いいだろ。子どもは素直でかわいい」

「とか言って、ちょっと困った顔になってますよ」

外向きになった祭の耳を見て、哲平が言った。

「バレたか。甲高《かんだか》い声は刺さるから」

小声で返し、ばふっと遠慮なく抱きついてきた子どもの頭を撫でた。ぬいぐるみか何かだと思っているらしい。

「すみませんね」

その子の親が、申し訳なさそうに頭を下げに来た。だが、口では謝りつつ、物珍しげにじろじろと祭の顔を眺めてくる。

「いえ、元気なお子さんですね」

「先生、チケット買わなきゃ」

哲平が遮るように祭の袖を引いた。

「ああ、ごめんね、お兄さんちょっと行かなきゃいけないから。牧場楽しみだねえ」

「うん！　ばいばい！」

元気よく頷いて、子どもが祭から離れて親の元へ帰っていく。祭は哲平に小さく礼を言った。

「ありがとね」

「いえ。ああいうところ、大人だと思います」

「ああいうところ？」

「文句ひとつ言わないで、ニコニコしてるところ、です」

「物事を円滑に進めるには、ぐっと堪《こら》えなきゃいけない場面もある。だけど、さっきのは別に我慢っていうほどのものじゃなかったけどね」

子どもは嫌いじゃない。疑問は疑問のまま、何の侮蔑も持たない視線を向けてくる。多少居心地は悪くても、傷はつかない。

「俺は無理だな」

　ぽつりと哲平が言った。

「いいんだよ」と祭は言った。「嫌なら嫌って言う選択肢もある。ただ全部受け入れて、自分ひとりで我慢し続けろって意味じゃない。どうしても傷ついたときは、黙ってないでちゃんと殴り返さないと」

　言ってから、あっと気づいた。

　――治らないくらいの傷をつけられたら、黙ってないでやり返すんだよ。我慢は美徳じゃないんだからね。

　いつだったか、母に言われた言葉だ。それと似たようなことを、祭は哲平に言っている。あのときの母はこんな気持ちだったのかと今さらわかって、苦笑が漏れた。見た目はまったく似ていないが、やっぱり親子だな、と思った。

　そして母が祭を想うのと同じように、祭も哲平のことが大事なのだ、とも。

　笑っているのが哲平にばれないように、そそくさと歩いてポケットから財布を取り出し、自動券売機でチケットをふたり分買う。

「あ、自分のは自分で払います」

「誘ったのは俺だから」

「でも」

「じゃあさっき助けてくれたお礼」

頑なにお金を受け取らないでいると、はあ、と哲平がため息をついた。

「先生、頑固すぎ」

「よく言われる」

はい、とチケットを差し出すと、ようやく哲平が折れて受け取ってくれた。

入り口で係員に半券をちぎってもらい、中へ入る。正面には馬小屋があり、その周りを木の柵がぐるっと囲っていて、馬たちは自由にその中を歩いている。ポニーもいて、どうやら小さい子の乗馬体験もあるようだ。

「乗る？」と祭が訊くと、哲平が鼻の上にしわを寄せた。

乗馬の代わりに餌やりを体験し、うさぎ小屋で毛玉に埋もれたり、ドッグショーを見たりしているうちに、あっという間に時間が過ぎた。最後はメインのアルパカだ。

牧場の一番奥、アルパカのおうち、と派手な看板が立った柵の中に、件のアルパカがいた。もこもこしたかわいらしい姿を想像していたのに、夏仕様なのか三匹すべてが顔以外ほとんど丸刈りにされていて、祭と哲平は思わず顔を見合わせ、笑いを堪えながら写真を撮った。記念に、と係員のお姉さんが声をかけてくれたので、ふたり一緒にアルパカと並んだ写真も撮ってもらった。

「まさかの丸刈りでしたね」

アルパカを堪能し、出口に向かっていると、哲平がまだおかしそうに肩を揺らして言った。

「せめてトイプードルみたいにきれいにカットしてあればいいのに」

「飼育員のセンスを疑うよな」

「まあ、あれはあれで」

ふふふ、と無邪気に笑うその顔を見て、連れてきてよかったと心底思う。

本来なら友達とたくさん遊んでいる年齢だ。部屋の中に籠もっているよりこうして太陽の下で笑っているほうが余程健全だし、哲平に似合っている。

「先生、ソフトクリーム食べませんか」

牧場を出たところに軽食コーナーがあって、哲平はそこのメニューを指差した。

「ヤギのミルクで作られてるんですって」

「へえ、おいしそう。でもここヤギいたっけ」

「見てないですけど、いるんじゃないですか？　あ、俺、奢ります」

「自分で買うよ」

財布を出そうとすると、「さっきチケット代払ってもらったから、そのお礼です。こっちのが全然安いけど」と哲平は祭を押し留めた。じっと見上げられ、ぐぐっと手を押し返される。

「じゃあ、お言葉に甘えて」

哲平が得意げにお金を支払っているのを後ろから眺めて待っていると、「げっ」と聞き覚えのある声を祭の耳が拾った。

振り返ると、十メートルくらい離れた歩道に、男子高校生が五人並んで歩いていた。

その中に、楽がいた。

一緒にいるのは高校の友達だろう。ということは、哲平のことも知っている可能性が高い。

祭は哲平を隠すようにぴったりと彼の背後にくっついた。楽もわざわざ外で声をかけてくることはないだろうから、このまま他の子たちが気づかずに通り過ぎてくれないかと祭は祈った。

だが、願いも虚《むな》しく、男子高校生御一行は牧場へと近づいてくる。

「先生？」

哲平が密着した祭を不審そうに振り返る。

「なんでもないよ」と言いつつ祭は腕を上げて哲平の顔を隠そうとした。だがそれが余計だった。

「何なんですか、もう」と哲平が少し声を荒げてしまった。そのときだ。

「あれ、宇野じゃね？」

男子高校生のひとりが哲平に気づいてしまった。哲平の身体がびくりとすくんだ。

「あ、ほんとだ。獣人と一緒にいる」

「マジかよ、次は獣人かよ」

ひそひそと囁くような声だったが、祭には聴こえた。

「行こう」

ちょうどソフトクリームが出来上がり、祭はそれを受け取って哲平を促した。

「おい、宇野」

一番やんちゃそうな子が、哲平の肩を小突いた。やめとけ、と楽が言った。だが、楽の制止は届かなかった。

「人間の男に振られたからって、今度は獣人相手にデートか？」

ニヤニヤと下卑た笑いに晒され、哲平は下を向いた。かたかたと小刻みに揺れるその肩を、祭はしっかりと抱いた。はっと哲平がその手を見た。祭はさらにぐっと哲平を引き寄せ、笑っている彼らを見下ろした。

「そうだけど、それが何？　俺たちデート中なんで、邪魔しないでくれる？」

「マジかよ」

また笑おうとして、だが祭が冷たく睨んでいるのに気圧《けお》されたのか、からかった子がわずかに身を引いた。

「行こう、哲平」

勝負はついた。震える哲平を抱いたまま、歩き出す。なんだよ、とまだぶつくさ言う声が聴こえてくる。気にするな、と祭は哲平の肩をさすった。負け犬の遠吠えよろしく、「きもいんだよ」と罵声が飛んできた。唸りそうになる声を抑えて、祭はひらひらと尻尾を振った。

それで終わるかと思ったのに、遠ざかる祭を楽が呼び止めた。

「兄貴！」

無視すると、しつこく何度も呼ばれた。

「兄貴！　おい、クソ祭！」

しまいには名前まで出され、仕方なく祭は振り向いた。

「楽、お前その口のきき方どうにかしろよ」

――わざわざ俺みたいなのが身内だとバラさなくていいのに。

案の定、楽の周りがおろおろと戸惑いはじめた。

「マジかよ、あれ、お前の兄貴？」

それをうるさい、と一蹴し、楽は「だったら悪いか」と不機嫌に友達を睨んだ。

楽が言い返してくれたのはうれしいが、友達とこんなことで仲違《なかたが》いはしてほしくない。

早々に立ち去ろうと、祭はもう一度あいさつ代わりに尻尾を振った。

「悪いけど、今回ばかりは兄ちゃんは哲平の味方だから。お前も何が正しいか、もうちゃんと分別つくだろ？　ガキじゃあるまいし」

「わかってるよ」と楽が言った。そして、宇野、と哲平を呼んだ。

俯いていた哲平が顔を上げ、恐る恐る楽を振り返った。目が合うと、楽は大きく手を振った。

「ごめんな。そんな調子のいいやつだけど首にしないでやってくれよ。あと、猫引き取ってくれてありがとな！」

いきなり礼を言われ、哲平が困惑したように祭を見上げた。哲平の顔は、紙のように真っ白だった。

「あれ、弟の楽。生意気だけどいい子だろ」

さ、行こうか、と祭は哲平を促して牧場をあとにした。

しばらく歩いていると、

「先生に、似てますね」

ようやく哲平が口を開いた。

「そう？」

「うん」

ミンミンとやかましく蟬が鳴く。器用に片手にふたつ持っていたソフトクリームの片方を差し出すと、仕方なさそうに受け取って、哲平は訊いた。

「知ってたんですか？」

「たまたまね、楽から聞いて」

「いつから？」

「初めて一緒に出掛けたあと、かな」

はーと深いため息をついて、哲平がしゃがみ込んだ。

「結構前じゃないですか」

「うん、でも別にわざわざ訊ねることでもないでしょ、セクシャリティは」

「気持ち悪いって、思わないんですか」

「思ってるように見える？」

軽い調子で言って、溶けはじめたソフトクリームに口をつけた。

「あ、ヤギ味」

「そんなわけないじゃないですか」

ふっと哲平が苦笑した。

「ほんとだって、めっちゃヤギの味する」

「嘘だあ」

半信半疑で哲平も口をつけた。そして驚いたように目を見開いた。

「ほんとだ、ヤギの味」

「んなわけあるか」

ぺしっと軽く頭をはたくと、哲平はあははは、と声を上げて笑って、それからぽろぽろと泣きはじめた。だんだんと笑い声より鼻をすする音が大きくなっていき、やがて笑いは完全になくなった。大きな吊り目から次々と溢れる涙を止めたくて、けれど祭はどうしていいかわからなかった。バクバクとソフトクリームを一気に食べ終え、両手を空にしてしゃがんだままの哲平を後ろから抱きしめた。髪の毛をぐしゃぐしゃに掻き回し、横顔に頬を寄せる。

「痛いの痛いの飛んでけー」

哲平のほうからも甘えるようにぎゅっと頬が寄せられた。祭まで泣きたい気持ちになって、ズキズキと胸が痛んだ。

真夏の陽射しを浴びながら抱き合っても全然苦じゃない。

哲平が愛しい。

はっきりとそう思う。

やがて、ふふ、とまた笑い声がした。

「ソフトクリーム、溶けちゃいました」

「ほんとだ」

哲平の手が垂れてきたクリームでベトベトになっている。

「洗わなきゃなー」

幾分すっきりした声で言い、ゆっくりと祭から離れる。

「みっともないとこ見せちゃって、すみませんでした」

「ううん」

立ち上がって、もったいないからと哲平はコーンに残った白い液体をすべて飲み干した。

「あのね、先生」

「ん？」

哲平のつま先が、地面を搔く。

「俺、確かにゲイですけど、先生のこと、どうこうしようとか、思ってませんから」

「そっか」

祭のことを気遣って、無害だとアピールしようとする哲平に、どうしようもなく悲しくなった。

「それは、なんというか残念だな」

自然と零れたつぶやきに、哲平の肩がわずかに震えた。祭自身も、自分の言葉の意図が摑めないまま、しばらくぼんやりと虚空を見つめた。蟬の声だけが、ミンミンとやかましく鳴り響いていた。


「何やってんだよ」と楽が言った。はっとして下を見ると、鍋が吹き零れていて慌てて火を止めた。

「帰ってたのか。友達、大丈夫だったか？」

返事をせず、楽は冷蔵庫を漁《あさ》り、スポーツドリンクを取り出した。それをゴクゴクと半分ほど飲んでから、ようやく口を開く。

「ダチは別にどうもしない。それより宇野とデートって、あれマジな話だったん？　付き合ってんの？」

「だったらどう思う？」と祭は訊き返した。

「別に」と楽は言った。「好きにすればって感じ」

「兄貴が狼なうえゲイって、弟的にはどうなの」

「今さら追加設定が増えたところで俺には関係ないし。それに、兄貴が言ったんだろ、分別つくだろって。まあ、正直理解はできないし勘弁してくれって思うけど……」

「思ってんじゃん」

「でも兄貴が宇野に構うのはなんとなくわかる」

「俺が哲平を構う理由？」

「兄貴、面倒見いいし、宇野はなんか庇護《ひご》欲そそる感じじゃん？　あれだ、何って言うんだっけ。……あ、破《わ》れ鍋に綴《と》じ蓋」

「言い方」

「で、実際のとこどうなの？」

楽は疑うように祭を見つめた。事実ではないとわかっていたからこそ、楽はああして平気で祭たちを庇ったのだろう。

「付き合ってないよ。全然、そういうんじゃない」

首を振ると、だが楽は片目を眇《すが》めておやっという表情をした。

「何？」

「いや、兄貴、残念そうだなって」

「そう見える？」

「うん。尻尾が下がってる」

はっきりと頷いて、そのあと楽は考え込むように視線を空中へ漂わせた。祭も同じように思考を漂わせる。床に視線を投げ、哲平を思う。

泣いている哲平を抱きしめたいと思ったあの衝動。今でもはっきりと思い出せる。胸の痛みを、哲平の肌の熱さを。

するとしばらくして楽が確かめるように訊いた。

「兄貴、もしかして本当ならよかったのにって、思ってる？」

「本当って？」

「だから、宇野と本当に付き合えたらって」

「まさか」

咄嗟《とっさ》に言い返したが、口の端が鈍く疼《うず》いた。引き攣った口元を見て、楽が驚いたように目を見開いた。

「なに、まさか告白して振られでもした？」

——先生のこと、どうこうしようとか、思ってませんから。

哲平にそう言われたときの悲しさが蘇った。

「あっそうか」と祭は数秒遅れて声を上げた。「だから悲しかったのか」

哲平にそういう対象だと思ってもらえないから。その可能性を除外されてしまったから。だからあのとき無性に悲しかったのだ、自分は。

「え、ガチ？」

若干引いたように顔をしかめた楽に、「どうでもいいんじゃなかったのか」と祭はむっと言い返した。

「いや、兄貴の鈍感さに引いてるんだけど。だって、もう何時間前の話だよっていう。それを今さら気づくって」

「仕方ないだろ」と祭は言った。「俺は異性愛者だって思ってたし、男相手に恋愛感情があるかなんて考えたこともないんだから。……なあ、恋愛対象じゃないって言われて落ち込むって、やっぱ好きってことなのかな？」

「あー、いい、いい。やめて。身内の恋愛話なんて聴きたくない。はずいわ」

「お前が言い出したんだろ」

「まあ、何にせよ、振られたんなら終わりじゃん？」

「まだ告白もしてないし振られてもない」

「どっちだよ」

呆れたようにため息をつき、楽はリビングを出て行こうとする。

「おい、ちょっと」

「自分で何とかしろよ。俺だって知らねーよ」

「お前も童貞仲間か」

ぼそりと言うと、まだ中身の入ったペットボトルが飛んできた。危ないな、と文句を言う前に、楽はとっとと部屋に引っ込んでしまっていた。

床に落ちたペットボトルを拾い、悶々とした気持ちを押し流すようにため息をつく。

楽にはああ言ったが、祭は自分が哲平を好きなのかどうか、正直なところよくわからない。

哲平のことはかわいい。守ってやりたいとも思うし、自分ができることなら何だってしてやりたい。

自分が恋愛対象じゃないと聞いて、落ち込んだりもした。

だが、それが果たして、祭が哲平に対して恋愛感情を持っているということになるのだろうか。

ただ単に、祭が友情より恋愛の優先順位が高いと思い込んでいるせいで、もし哲平に彼氏ができたとしたら、その彼氏のほうが自分より立場が上になってしまうことに嫉妬しただけのようにも思える。

だとしたら、どうやって見分けるのか、と考えようとして、祭は単純なことに気がついた。

恋愛感情とは、すなわち、簡単に言ってしまえば、哲平を抱けるかということだ。それが一番わかりやすく、嘘のない基準だった。

哲平を抱けるかどうか。

哲平はかわいいしきれいだが、骨格はきちんと男だし、声だって高くない。決して女の子には見えない、れっきとした男だ。この数か月で、背だって伸びた。

たとえば、と想像してみる。もし自分と哲平が付き合ったとして、デートは今までどおり出掛けるのと大差ないし、キスだって多分余裕でできる。だが、その先は？

半袖から覗く、哲平のしなやかな白い腕。

祭は目を閉じて頭の中でゆっくりと哲平の衣服を剝いでいく。

見たこともない哲平の身体を創《つく》りだし、その肌に触れる。

微かな喘《あえ》ぎ声を上げて、哲平が身を捩《よじ》る。首筋を舐《な》めて、それからもっと下へ。鎖骨を辿り、唇と同じように色づいた小さな突起へ舌を這《は》わせる。潤んだ目で、先生、と哲平が祭を呼んだ。

「……っ」

身に覚えのある昂《たかぶ》りが、どっと下半身に押し寄せた。目を開けて下を向くと、そこはしっかりと反応を示していて、硬いジーンズを押し上げていた。

「やあ」と祭はひとり言ちた。「君って結構正直者だな」

あー、と無意味に呻いて、どうしようもなくなってトイレに向かう。

ジーンズを膝下までずり下ろすと、腕の中に抱きしめた哲平の熱と匂いを思い出し、硬くなった屹立《きつりつ》をひたすら強く擦りあげた。

相変わらず、グロテスクな代物だ。興奮すると二十センチほどになるそれは深海の生物のようにぬらぬらと光り、根元にはこぶが出来上がる。まだ誰にも受け入れられたことのないこれが、哲平の胎内を深く穿《うが》ち、背後から小刻みに揺さぶる。

――先生、先生……っ。

嬌声《きょうせい》を上げる哲平の腰を掴み、ぐっとさらに最奥へと先端をねじ込む。守らなきゃと思った相手をこの手で乱していく背徳感に、ますます息が荒くなった。

——祭さん……っ。

どぷっ、と勢いよく飛沫が散った。

「はあ、はあ……」

ゆるゆると、管に残った粘液を絞り出すように擦る。ぶるぶると身体が震えた。今までしてきたどんな自慰より、気持ちよかった。

だが、興奮が治まり冷静さが戻ってくると、とてつもない後悔に晒された。

「余裕で抜けてしまった」

次に会うとき、どういう顔で会えばいいのだろう。手にこびりついた白濁液を洗い流しながら、祭は一層深いため息を吐き出した。

その翌日。

哲平の秘密がふたりのあいだで秘密ではなくなってから、初めての授業。

祭も祭であんなことをしてしまったあとだし、気まずくなるかと思ったら、そうでもなかった。哲平はすっかりいつもどおりで、拍子抜けしたほどだ。それどころか、「昨日は楽しかったですね」と哲平のほうから話を振ってきた。

「ああ、うん。アルパカの写真、母さんに見せたら爆笑してたよ」

「うちの母はかわいそうって」

いかにも哲平の母親が言いそうなことだ。ふっと笑うと、哲平の裸足《はだし》の爪先がぎゅっと丸まった。どうしたんだろうと顔を上げると、哲平は冷房の中で少し顔を赤くしていた。ん？　と首を傾げると、哲平がおずおずと切り出した。

「あの、弟さんにお礼言っておいてください」

「え？」

「昨日、言いそびれちゃったから。助けてくれたのに」

「ああ」

楽のことか、と祭は頷いた。頷くのと同時に、ちくりと棘が刺さったように胸が痛んだ。

そして悟る。

——ああ、俺がいくら哲平に想いを寄せても、哲平が俺を好きになってくれなきゃ意味がないのか。

「いい人ですよね、弟さん」

うれしそうに哲平が続けた。

「あんなふうに受け入れてくれた人、初めてです」

「俺もいるだろ」

苦笑が漏れる。たとえ祭が哲平のことが好きだと自覚したとしても、それ以上にはきっとならない。

自分じゃなれない。

——恋愛はひとりでするものじゃないから。

まったくそのとおりだ。自分で言った言葉なのに、祭はまったく意味を理解していなかった。

そしてそれは、今までの祭が、こうしてこんなにも強くはっきりと傷つくほど、誰かを好きになったことがなかったということでもあった。恋愛がこれほど苦しくて痛いものだとは。そして醜く、汚い。

祭は今、楽に嫉妬している。たった一言声をかけただけで、こんなにも哲平を喜ばせることができる楽に。

自分と違って、普通の人間である楽が妬ましい。もし自分が楽のように普通だったら、哲平は恋愛対象にしてくれただろうか。

「先生は別ですよ」

苦笑して、哲平が言った。

「先生は、別です」

胸が、痛い。

考えるまでもなく、祭の恋愛はここで終わりを迎えた。気づいてからたった一日の、短く儚《はかな》い恋だった。

あっという間に夏が過ぎ、そろそろ分厚いコートを出さないといけなくなってきた十一月末、順調すぎた卒論もほぼ終わってしまい、あとは単位を取るために週に二日だけ講義に出ればいい状態になってしまった。院に進むわけでもないので、教授や院生に媚《こび》を売る必要もない。研究室には講義前にふらっと寄るだけになり、森川や村瀬ともだんだんと顔を合わせることがなくなってきていた。

「露崎ー」

そんな昼休み。学食でカレーを食べていると、森川がやって来て隣に座った。

「お疲れ。久しぶりだな」

「ああ。露崎はもう卒論書き終わったんだっけ？　教授が院に残ってくれたらいいのにって残念がってたぞ」

「いや、これ以上お金かかるのはちょっと」

「ああ、お前んとこも学費きついんだっけか」

「うん。それに、そんなに研究が好きってわけでもないし」

「そう言えば、お前志望と全然関係ないとこに就職決まったんだったな」

「ああ。駅前の塾に。家庭教師のバイトしてたら意外と性に合ってて」

今、時間があるから高校の教科書を読み返して勉強してる、と祭が言うと、森川はじっと祭の顔を見つめて、そのあと安心したようにほっと息を吐いた。

「妥協したわけじゃないんだな」

「やりたいことをやろうと思っただけだよ」

「それならいいんだ」

何が言いたいのだろう、と祭が首を傾げると、森川は口元を歪めて言った。

「ほら、俺、なかなか内定取れずに荒れてた時期あっただろ。そんとき、露崎には結構ひどいこと言ったから」

「それで？」

「いや、それで、俺の内定が決まって報告したとき、露崎に余計なプレッシャー与えてたんじゃないかなって。それで、就職できるならどこでもいいやって、全然やりたくないとこに志望出してたら俺のせいもあるかなって思ってたから」

「まさか」

「うん。だから、露崎がやりたい仕事を自分で選んだんならよかったって。ごめんな」

珍しくしおらしい森川に、少し驚いた。

「いいよ、謝るなよ」

祭だって、あのときは余裕がなかった。卑屈になって、森川の言うことを受け流せなかった。内定が決まったときだって、ちゃんと素直に祝えなかった。だから、もう怒っていない。

「またゼミのやつらと飲みに行こうぜ。内定祝い、してなかったろ」

「そうだな」

しばらく卒論と単位のことをだらだらと話し、昼食を食べ終えて森川と別れた。

キャンパスを歩いていると、ふと掲示板に新しい掲示物があるのに気づいて、祭は足を止めた。休講のお知らせでも出ているのだろうかと覗いてみると、休講ではなくオープンキャンパス開催のお知らせだった。そう言えばそんなものもあったな、とスルーして数歩進み、はたと立ち止まる。

哲平は、オープンキャンパスに興味はないだろうか。大学へ進学するのなら、志望校ではなくとも大学の雰囲気というのを摑んでおくにはいい機会かもしれない。

少し悩んで、スマホを取り出す。うちの大学のオープンキャンパスに来ないか、と打ち込んでは何度も消す。たった一言が、なかなか決まらない。

絵文字を入れようか、まずスタンプを送ってみようか、そもそもオープンキャンパスなんて興味ないんじゃないか。

以前は考えもしなかったどうでもいいことに、ぐるぐると頭を悩ませてしまう。

哲平とは、あれからも何度も外へ出掛けた。郊外だけじゃなく、最近では街中も堂々と歩けるようになった。

どんな心境の変化なの、と訊いたら、「自分のこと、ちゃんとわかってくれる人にだけわかってもらえればいいって思えたから」とずいぶん晴れやかな顔で答えてくれた。

哲平はもう、出逢《であ》ったときのような硬い殻はまとわない。祭のように、少しずつ自分を取り囲む環境へ歩み寄る術《すべ》を覚えていく。

哲平にとってそれはとてもいいことなのに、祭は相変わらず哲平が巣立っていくのが寂しくて、そして哲平への恋心を抱えたままだ。

でも、最近はそんな感傷もいいかな、なんて思うようになってきた。好きな相手に好きだと言えない、これと同じような想いを哲平も抱えていたのだと思うと、少しうれしくも感じるのだ。

誘い文句に悩んでいると、ピロン、とＬＩＮＥの着信が鳴った。哲平からかとどきりと弾んだ脈拍は、しかしそこに表示された楽の文字に、一瞬で下降する。メッセージを開いてみると、なんてことはない夕飯のリクエストで、祭は了解、と打ってスマホをポケットにしまった。

スーパーで夕飯の材料を買い込んで家に帰ると、リビングのソファで堂々と楽が居眠りをしていた。ハンバーグをリクエストしておいて、自分は手伝う気もないらしい。祭が何か始めると、「手伝いましょうか？」とすぐに声をかけてくれる哲平とは大違いだ。

玉ねぎをみじん切りにして炒《いた》めていると、その匂いにようやく楽が起きてくる。

「あっ、俺玉ねぎはシャリシャリしてるほうがいい」

キッチンカウンター越しに祭の手元を覗き込み、楽が言う。

「ならお前がやれ。俺は付け合わせの人参《にんじん》グラッセつくるから」

「えー」

嫌そうに顔をしかめ、それから「あっ」と何か思い出したようにバタバタとリビングを出て行く。しばらくして戻ってきたかと思うと、楽は祭に一枚の紙を差し出して、言った。

「なあ、これ。俺も参加しようと思ってるんだけど」

「これって、何？」

押しつけられた紙に目を遣ると、祭が今日掲示板で見かけたオープンキャンパスのお知らせだった。

「そうか。お前ももうすぐ受験生だもんな」

哲平のことは誘ってみようと思っても、楽のことにまで気が回らなかった。兄としてかなりダメだな、と思いつつ、それにしても、と祭は目の前の楽をまじまじと見つめた。

「楽、ちゃんと大学行く気あったんだな。しかも難関」

祭の通っている大学は、国立の中でもトップ5に入るほどの難関大学だ。楽の成績をきちんと把握しているわけではなかったが、進学校に通っているのだから、目指すのはそれほど無謀ではないのかもしれない。

「がんばれば行けなくもないし、家から近いし、ちょうどいいよなって思って」

なんてことないように楽は言うが、耳の端が少し赤くなっていた。兄と同じところを受けたいと言うのがどうにも恥ずかしいらしかった。

「まあ、お前は昔から要領だけはいいからな。まじめにやれば楽勝だろ。なんたって天才の兄ちゃんの弟だしな」

「自分で言うか」

「申込み、学校じゃなくて個人でやるのか。自分でできるか？」

「ガキじゃあるまいし」

フライパンの火を止め、玉ねぎを冷ますあいだに人参を切ろうと包丁に手を伸ばしたタイミングで、ふと楽が訊く。

「そういや、宇野はオープンキャンパスとか行かねぇの？」

思考を読まれたかと思って、祭はぎくりと身体を硬くした。

「……誘おうかと思ったけど、遠くの大学に行きたいとか言ってたから、うちのには誘ってない」

「日和《ひよ》っただろ、兄貴」

にやりと頬を吊り上げて、楽が笑った。あれ以来、哲平とのことがふたりのあいだで話題に出たことはなかったが、楽はおそらく祭の気持ちがまだ哲平にあるのに気づいている。純朴な兄の片想いを、楽は面白がっているのだ。

「じゃあ、俺から誘ってみようかな。大学生が案内してくれるらしいんだけど、兄貴が案内するのもありなんだよな？」

「えっ、俺？」

戸惑う祭をよそに、楽は祭がカウンターに置いていたスマホを勝手に取ると、すいすいと鍵を開けてＬＩＮＥを開く。

「おい、なんでパスワード知ってるんだ」

「誕生日なんてセキュリティが甘いぜ、兄貴」

そして止める間もなく、楽が哲平にメッセージを送ってしまった。

「Ｋ大のオープンキャンパス、一緒に行かない？　案内は兄貴がするよ。露崎弟より……、と」

「お前、勝手なことするなよ」

「うじうじしてる兄貴の背中を押してやったんだろ。感謝しろよ」

スマホを奪い返そうと祭が手を伸ばすと、その前にメッセージに既読がついてしまった。

そのあとすぐに『もしご迷惑じゃなければ行ってみたいです』と返事が来て、祭はほっと胸を撫で下ろした。

「よかったじゃん」

ニヤニヤと楽に笑われて、だが助かったのは事実なので、祭はコホン、と咳払いしたあとで短く礼を言った。

「功労賞として、今日のハンバーグは楽のだけ特大にしてやろう。大学案内はお兄ちゃんに任せなさい」

『じゃあ、詳しくは明日の授業で』と哲平に返事を送ると、かわいらしい黒猫がＯＫサインをしているスタンプが返ってきた。哲平みたいだ。

尻尾がぶんぶんと揺れるのを隠しもせず、鼻唄交じりで人参を切っていると、楽が呆れたように肩をすくめた。


晴れそうにもなければ雨も降りそうにないのっぺりとした曇天を見上げて、祭は正門前で哲平を待っていた。大学の部外者も多く来場する中で、祭の姿はひどく目立っていた。おっきな犬がいる。獣人かな。本物？　と、ざわざわした空気が祭の横をすり抜けていく。

「先生」

声のほうに顔を向けると、マフラーに顔を埋《うず》めた哲平が手を振っていた。

「おはようございます」

「おはよう。寒いね」

風の冷たさのせいか、哲平の頬がほんのり赤くなっている。

「先生は寒くないんですか」

シャツに薄手のジャケットを羽織っただけの祭を見て、哲平が訊いた。

「寒さには強いんだ。自前のファーがあるから」

「そういえばいつの間にかもこもこになってますね」

換毛期も過ぎ、祭はすっかり冬毛になっていた。三日にあげず会っている哲平は微細な変化に気づかなかったらしい。

「おかげであったかい」

ほら、と祭は緊張を冗談に隠しながら哲平の赤い頬を両手で挟んだ。肌理《きめ》は細かいが、少し乾燥しているその肌を親指で撫でる。恥ずかしそうに哲平は身を捩った。

「子どもじゃないんですから」

「ごめんごめん」

祭に下心があるなんて微塵《みじん》も思っていない様子で、哲平が笑った。そのとき、

「俺もいるんだけど」

と楽がひょっこり祭の陰から顔を出す。

「あ、こんにちは。えっと、露崎くん」

ためらいがちに哲平が楽を呼び、楽はそれにふはっと鼻息を漏らした。

「露崎だと兄貴とかぶるだろ。楽でいいよ、宇野」

それを聞いて、さっと哲平の顔が赤くなる。

——あ。

祭は思わず声を上げそうになったのを、唇を噛むことでどうにか押し留めた。そしてふたりの会話を遮るように、「行こうか」と顎でメインストリートを指す。

「あ、はい。じゃあ、案内よろしくお願いします」

ゲートをくぐり、構内に入ると、まずオープンキャンパスの受付のテントが立っていた。そこで受付を済ませると、あらかじめ祭が案内役を申請しておいたので、そのまま自由に散策が許される。

「オープンキャンパスって、もっと堅苦しいものだと思ってた」

楽がきょろきょろと左右に連なる講義棟を眺めて言った。

「ああ、時間になれば模擬講義も受けられるから、それまでは好きなところを覗いていいんだよ。どこか気になるところある?」

慣れない場所のせいか、ふたりはぎこちない動きで、祭の後ろを雛《ひな》のようにくっついて歩いている。

「俺、法学部見に行きたいんだけど」と楽が手を上げ、それに哲平も同意する。

「あ、俺も。法学部は気になる」

哲平の言葉遣いから敬語が取れた。また祭は、あ、と声を上げそうになった。哲平のタメ口なんて、ほとんど聞いたことがなかった。家族に対しては当たり前だと思って聞き流していたが、他人であるはずの楽にフランクに話しているのを見ると、胸のあたりがひどくざわつく。同級生なのだからタメ口は当たり前だろうと思ってみても、理解はできても納得はしない自分がいて、そんな心の狭い自分に祭はひっそりとため息をついた。

そのとき、「おい、露崎」と背後から名前を呼ばれた。振り返ってみると、森川と村瀬だった。どろっとした思考がその声で掻き消され、祭はいつもどおりに笑顔をつくる。ナイスタイミングだ。

「おう」

軽く手を挙げると、ふたりはすぐに哲平と楽に気づいて興味津々といった顔で寄ってきた。

「こんにちはー。露崎の弟？　かっこいいね」

村瀬がやんわりと目尻を下げた。垂れ目がさらに垂れて、人畜無害そうな顔に拍車がかかる。

「半分正解。こっちのやんちゃそうなのが弟で、こっちの爽やか美少年が家庭教師をさせてもらってる教え子」

「どうも、愚兄がお世話になってます」

「こんにちは。露崎先生にはお世話になってます。宇野です」

哲平が自己紹介すると、「ああ、例の」と森川が頷いた。

例の、と言われて、哲平がさっと緊張を顔に貼り付けて祭を見遣った。何か悪いことでも言ってはいないかと疑う哲平の気配に気づいたのか、村瀬が手を振った。

「いや、変な意味じゃないよ。露崎、教え子がよくできた子ですごくかわいいっていつも言ってるから」

「いつもは言ってないだろ」

「言ってるよ割といつも」

森川がはっと鼻を鳴らす。村瀬には話した覚えがあるが、森川には話した記憶はない。調子のいいこと言いやがって、と思ったが、彼なりのコミュニケーションだろうと口をつぐむ。

「おふたりは兄貴と同じゼミなんですか？」

楽が訊いた。

「うん。こいつ頭いいからいつも助けてもらってる。卒論も結構手伝ってもらってて、もう露崎に足向けて寝らんないよ」

「確かに」

村瀬が言い、森川も同意する。

「おいおい、褒めるなよ。何も出ないぞ」

祭が言うと、

「いやいや、ほんと、露崎さまさまですよ」

へっへっへ、と悪代官のように森川がゴマをする。そしてそっと祭の鞄のポケットに手を突っ込んで、そこに入っていた飴《あめ》玉を抜き取った。断りもなく奪った飴を口に入れるのを見て、哲平がぽかんと森川を見上げた。

「こういうやつなんだ」と祭は肩をすくめた。

「空気が読めないやつなんだ」

村瀬が申し訳なさそうに頭を下げた。

「仲、いいんですね」

包装紙を祭に押しつける森川を観察しながら哲平が言った。

「そりゃあ、四年近く一緒にいればね」

「まあ、露崎は俺のこと嫌いらしいけど」

「好かれたきゃ勝手に人の鞄を漁るなよ」

「それもそうだ」

がはは、と下品に笑って、森川は祭の背中を叩く。

「志望校、決まってるの？」

森川のことは放置することに決めたらしく、村瀬が哲平と楽に訊いた。

「俺はここが第一志望です」と楽が答え、「まだ考えてる途中です」と哲平も答えた。

「学部は？」

訊かれ、哲平はちらりと祭を見た。

哲平の志望は法学部だと聞いている。別に答えても害はないだろうに、何をためらうことがあるのだろう。促すように頷くと、だが哲平は意外なことを言い出した。

「法学部にしようかと。でも最近は、教育学部もいいかなって思ってます」

初耳だ。思わずえっと声を上げる。

「どういうこと？」

「いえ、法学部はとりあえずで決めてたところだったんで。別に弁護士とかに憧れてたわけでもないし。先生を見てたら、誰かに何かを教えるのっていいなって思って」

「哲平」

まさか、そんなふうに思っていてくれていたなんて。

祭が感動していると、相変わらず空気を読まない森川が、ひゅー、とからかうように口笛を吹いた。

「露崎めっちゃ好かれてるぅー」

その言葉に、「そんなんじゃないです」と哲平が思いっきり強く否定して、しまったと口を塞いだ。過剰に反応したら、事情を知っている祭と楽はともかく、他の人は不審に思うかもしれない。

おどけるように、「両想いだから」と祭は言った。でも少しショックだ。そこまで否定しなくても、と切なくなる。

「まあ確かに、教免は取っといたほうがいいかも」と村瀬が言った。「でも中高の社会系なら法学部でも取ろうと思えば取れるから、明確に教師になりたいと思ってないなら法学部にしといたほうが選択の幅が増えるんじゃない？」

「そうだな」と森川も頷く。

まじめに返されて、思慮の浅さに恥ずかしくなったのか、哲平が俯いて、少し間が空いた。

「それに」と村瀬が続けた。「法学部ならうちにもあるし」

な、と促されるが、祭はあいまいに頷くだけに留めた。

哲平はこの街から出たがっている。誰も自分のことを知らない場所へ。

この大学は、近すぎる。同じ中学や高校の同級生も来るだろうし、そうすると噂なんてあっという間に広がるだろう。せっかく立ち直ろうとしているのに、それを勧めるのは哲平にとっては酷だ。

そうなると、どっちにしろ祭と哲平は長くてもあと一年ちょっとしか一緒にいられないのだと、わかっていたことなのにまた気分が落ち込みそうになる。

いつの間にか哲平と同じように俯いていると、ごそっと上着のポケットを漁られている感触がして顔を上げた。今度は村瀬が勝手に祭の小銭入れを出して中身を確かめていた。こいつは常識があると思っていたのに、ケンカのあとからずいぶんと祭に対して図太くなった。

「こんな寒い中歩かせてるんだから、温かい飲み物でも飲みながらにすればいいのに。買ってきてやるよ」

「それはそうだけど、お前らの分は自分で買って来いよ。俺にたかるんじゃない。あ、ココアとカフェオレとミルクティーな」

小銭入れを渡して、しっし、と手を振ると、「ちぇー」と仕方なさそうにふたりは自販機のほうへと歩いていった。

「ごめんな、強引なやつらで」

「いえ、面白い方たちですね」

「兄貴の友達初めて見たかも」

「そう？」

ちらりと楽が哲平に目を遣り、それから祭に視線を寄越すと、「あー」と声を出して森川たちのほうを指差した。

「ちょっと俺、自販機見てくる。自分で選びたいし」

気を遣ってくれたのがわかり、祭は頬を掻いて頷いた。そして楽が立ち去ってから、哲平に訊く。

「いつの間に志望学部増やしたの」

ごくんと喉を鳴らしてから、哲平は肩をすくめた。

「論破されちゃいましたけど」

「あいつらはああ言ったけど、学校の先生になるならやっぱり教育学部のほうが有利だよ」

「いえ、おふたりの言うとおりです。まだぼんやりとした希望でしかないので、もう少し真剣に考えてみます」

「そっか」

祭は鞄から飴玉を取り出して、包装紙を開けた。その手を哲平の視線が追った。

「あの」と哲平が祭の手を見つめたまま言った。「さっきは、すみません」

「何が？」

「先生のこと、その、好きっていうの、否定しちゃって」

「ああ、いいよ。わかってるから。森川の言い方がやらしかったからね。しょうがない」

本当は傷ついた。だが、そんなことおくびにも出さない。

「尊敬、してますから」

「うん。ありがとう」

軽く受け流して、飴玉を頰張る。

視界の外で、ざりっと地面を搔く音がした。哲平が困っている。そんなに困らなくても、勘違いしたりしないのに。

「この飴うまいな。哲平もいる？」

大げさに驚くと、哲平はどこか寂しそうに笑った。

大学内を見て回って、具体的な将来が少しだけ見えてきた、と哲平は言った。遠くに行けるならどこでもいいと思っていたが、四年間を過ごす大学はきちんと選ばないといけない、と良い方向に気持ちが浮上したようだ。

楽はと言えば、森川、村瀬のふたりと意気投合したようで、模擬講義を受けずにそのままどこかへ遊びに行ってしまった。大学は気に入ってもらえたようで一安心だが、悪い遊びを教えるなよ、と友人ふたりには釘《くぎ》を刺しておいた。

帰り道、祭は哲平に訊いた。

「塾、どうする？　普通は四月から入校が多いけど、三月からでもいけるよ。まあ、俺は哲平が早めに来てくれるとうれしいんだけど」

手がかじかむのか、コートのポケットに両手を入れたまま、哲平は「んー」と困ったように苦笑した。

「先生、あの、塾の件ですけど、もうちょっと考えてみてもいいですか」

「え？」

「父さんの手前言えなかったけど、やっぱり、あの塾って西高の生徒多いし、俺のこと知ってる人も多いだろうから、まだ不安で」

街中を歩くのは平気でも、同じ空間で過ごすほどには、まだ哲平のメンタルは強くなっていないらしかった。その不安はわかる。哲平の気持ちを尊重するべきということも、わかる。

「……うん。すぐにとは言わない。三月までまだ少し時間はある」

「ごめんなさい」

「いや、いいよ。大丈夫」

大丈夫、と笑いかけながら、一体俺は何が大丈夫なのだろうと祭は思った。

祭は、自分のわがままに哲平を付き合わせているという自覚がありながら、強引に自分の傍《そば》に置こうとしている。哲平のためを思うなら、きちんと納得した答えを出してもらわなければいけないというのに。

大丈夫、というのは、ただ単に、自分への慰めの言葉だった。

まだ断られたわけじゃないから大丈夫。説得してみせるから、大丈夫。

だが、もし哲平が塾に入らないというなら、あとたった三か月しか一緒にいられない。そうなったらあるいは、それが潮時なのかもしれないな、と、帰っていく哲平の背中を見て、思った。

想い続けていても、どうにもならない。伝えたとしても、自分の気持ちは哲平を困らせるだけだろう。

好きだと言われて、祭から視線を逸らし、ぎゅっと爪先を丸める哲平が容易に想像できた。

だったら、せめていつか哲平が好きな人ときちんと両想いになれるといい。自分の代わりに、哲平を笑わせてあげられる誰かが、現れればいい。そんな人が永遠に現れなければいいと思うのと同じだけ、心からそう思う。

少しずつ、別れの準備をしなければ。

せめて哲平にとってきれいな思い出として、記憶に残してもらえるように。

しかしその決意とはうらはらに、オープンキャンパス以降、連絡先を交換したらしい哲平と楽がずいぶん仲良くなってしまったことで、祭は思い出のきれいさを追求している場合ではなくなってしまった。

勉強を教えたあと、コーヒーを飲んでお喋りする時間に、楽の話題が頻繁に上るようになったのだ。共通の知り合い（祭の場合弟だが）ができて、その人を話題にするのはままあることだが、自分の与《あずか》り知らないところで哲平が楽と話をしているという事実が、祭をほんの少しもやもやさせた。

——先生のこと、どうこうしようとか、思ってませんから。

——あんなふうに受け入れてくれた人、初めてです。

——先生は、別です。

ひょっとしたら哲平にとって楽が特別な存在になるんじゃないかという焦りと嫉妬が、だんだんと大きくなっていく。そしてそれは、封じ込めていたはずの劣等感を再燃させるだけのパワーがあった。

もし、こんな見た目でなければ、哲平は祭を受け入れてくれたかもしれない。こんなにも悩まず、素直に気持ちを打ち明けられていたかもしれない。しかしそれらは考えても無駄なことだ。獣化症でなければそもそも哲平の家庭教師にはなれなかったし、歳の違う自分たちは出会うことすらきっとなかったのだから。

「楽くんも猫好きだから、話が合うんですよ。猫カフェの話をしてて、いつか行きたいなって」

弾むような声で哲平が言い、ミルクのたっぷり入ったコーヒーを啜る。

最近の哲平はよく笑う。祭といるときも笑うようにはなったが、こんなふうに気安い笑いではなく、もう少し落ち着いた微笑が多い。年相応の笑顔を見せるのは、子猫を構っているときか、楽のことを話しているときだけだ。やっぱり同い年というのはそれだけで距離が縮まるものなのだろうと、祭はむくむく胸の裡《うち》で育つ猜疑《さいぎ》心に言い訳をしながら、話を合わせた。

「でもあいつアレルギーあるからなぁ。猫カフェなんて行ったら顔パンパンになっちゃうだろ」

「そうなんですよね。行きたくても行けないから、アレルギーを抑える薬がほしいって言ってました」

「猫カフェのためだけに？」

「クロとホーにも会いたいって」

それはつまり、哲平の家に遊びに来たい、という意味だろうか。

「まあ、あいつも二匹の成長を気にしてたからね」

「写真とか動画送ったら喜んでくれます」

「そっか」

楽は祭の気持ちを知っている。だから、決して哲平とどうにかなろうとか、そういう下心はないのだろう。ただ純粋に、友達になりたいだけ。だが、哲平のほうはそうとも限らない。

むくむくむくむく、祭の身体は醜さに侵食される。しかしそんな祭の荒れ狂う心中など露知らず、哲平は楽しそうに楽の話を続ける。

「俺、また楽くんみたいな友達ができるなんて思ってもなかったです。俺のことを知った友達はみんな、逃げちゃったから」

「悲しいこと言うなよ。楽以外にもきっとたくさんできるよ」

祭が言うと、ふっと哲平が眩しそうに目を細めた。

「先生のおかげですね」

「俺は何もしてないよ。哲平がいい子だからだろ」

手を伸ばし、哲平の頭をぐりぐりと撫でる。さらさらの髪が手のひらに心地よく、祭はしばしのあいだ、暗い気持ちを忘れてそれを堪能することにした。

「先生はいつも俺を子ども扱いしますね」

「五つも離れてるからね。未成年だし、法律的には子どもには違いない」

「十六はまだ子どもですか」

「一般的にはね」

「先生にとっては？」

特に抵抗もせず撫でられ続けながら、哲平が上目遣いで訊いた。それに微笑み返して、「子どもって言うと哲平は怒るからなぁ」とずるいことを言う。

本当に子どもだと思っているのなら、こんな気持ちにはならないよ、と祭は声に出さずにつぶやいて、一際乱暴に髪を掻き回してから手を離す。

「早く先生に追いつきたいです」

乱れた髪を整えながら、哲平が言った。追いついてほしいのは歳ではなく気持ちのほうだ、と祭は思った。

「うん、待ってる」

永久に追い越してはもらえないんだろうな、と手のひらから消えていく髪の感触に、またふっと暗い気持ちが心を覆っていく。

「先生？　どうかしましたか」

「ううん、何でもない」

尻尾が揺れないように身体に巻きつけて、祭は静かに首を振った。


そんな調子で日々やきもきしながら過ごしていると、あっという間に年末が近づいて、哲平の両親からクリスマスパーティーのお誘いがきた。哲平の誕生日がクリスマス翌日の二十六日だから、誕生日パーティーも兼ねるのだそうだ。

一応楽にも「お前も来る？」と声をかけると、呆れたような馬鹿にしたような、ものすごく変な顔をされた。

「そんな野暮できるわけねぇだろ。兄貴、頭大丈夫？」

「大丈夫ではないかもしれない」

楽に断られて、どこかほっとしている自分がいることに、祭は苦笑するしかなかった。

「誕生日プレゼントどうしようかな」

「男同士でプレゼントって、あんまりなくね？」

「でも、お呼ばれされてるわけだから、手ぶらじゃ失礼だろ」

「それもそうか。何がほしいか訊いといてやろうか？」

思いついたように言われ、しかし祭は「いい」と頑なに首を横に振った。自分が哲平にあげるものに、楽が噛んでいるのが嫌だった。心が狭いよな、と思いながらも、「あっそ」と親切を無下にされ不機嫌になった楽に、祭は謝れなかった。子どもなのは自分も一緒だ、と自分自身が嫌になる。このままではとてもじゃないがきれいな思い出で終われそうもなかった。

「どうするかなぁ」

つぶやいた祭に、「だから訊いてやるって」と楽が言ったのを、聴こえないふりでキッチンへ向かう。そして気づけば、ガリガリとミルで豆を挽いていて、母がコーヒーを淹れるのが好きな理由が何となくわかった気がした。コーヒーを淹れるのは、座禅に似ているのだ。

サーバーをセットして、ゆっくりとお湯を注ぎ入れる。こんもりと豆が膨らむのを眺めながら、どんどんと余計なものが自分から抜け落ちていくのを感じる。

コーヒーが出来上がる頃、祭は楽に「なあ」と声をかけた。

「哲平のほしいものは訊かなくていいけど、プレゼント選びには付き合って」

「……クレープ二枚な」

「オーケー。手を打とう」

クリスマス兼哲平の誕生日パーティー当日。豪華なディナーだけでなく、就職したら使うようにと名前入りの万年筆までもらい、祭も招待のお礼にと哲平の両親にはワインを、クロとホーには新しい爪とぎをやった。二匹はもうすっかり大きくなって、キトンブルーだった瞳は薄いグリーンに変わっていた。去勢や避妊手術も終え、今では哲平の部屋だけでなく、家中を遊び場にしている。リビングに新しく取りつけた猫用のドアも、うまく使えるようになっていた。

そして哲平には、散々悩んだ末、シープスキンの黒い手袋を贈ることにした。やわらかく温かみのあるそれは哲平のイメージにぴったりで、それまであれでもないこれでもないと悩みに悩んでいた祭は、手にした瞬間に「これにしよう」と即決した。横から口を出していた楽も、「まあいいんじゃない」と賛成してくれたから、決して趣味の悪いものではないと思う。

「ありがとうございます」

手袋を受け取った哲平ははにかんだ笑顔で礼を言い、着け心地を楽しんだあと、思いついたように「初詣に行きたいです」と唐突に言い出した。

「俺、神社で年越ししたことないんですよね。父と母は日付が変わったら寝ちゃうし。来年は受験だから行けないだろうし、今年、先生と行っちゃダメですか」

「ええっと」

もちろん行きたい。だが、祭はまず哲平の両親に視線を投げた。未成年を深夜に連れ回すのは、道義的にどうなのだという話になってくる。しかし、予想に反して、哲平の両親は深夜の外出を止めようとはしなかった。

「まあ、露崎くんが一緒なら安心だな」

「そうね」

過保護だった母親も、ためらうことなく頷いて、祭は少し肩透かしを喰《く》らった気分になった。それから数秒遅れて気づく。警戒される理由を、自分が持っていないことに。

祭が獣化症だから、彼らは安心して哲平を傍に置くことを許してくれているのだ。ひとりの男として見られていない。両親にも、哲平にも。それはひどく寂しいことで、だが同時にとても気楽なことでもあった。哲平を諦めるのに、祭は生まれたときから十分すぎるほどの理由を持っている。

ああ、と祭は笑った。その笑顔の意味を、おそらくはこの場にいる誰もが知る由もなかった。

「じゃあ、せっかくだし、高認の合格祈願も兼ねて行ってみようか」

「あ、先生は友達と行く予定とかなかったですか。村瀬さんとか、森川さんとか」

「ないよ、ないない」

あったとしても、哲平を優先するに決まっている。

「じゃあ、約束ですね」

「ああ」

手袋をつけた手で、哲平がピースサインをする。楽は呼ばなくていい？ と喉まで出かかって、祭は止めた。哲平自身がそう言わないのなら、自分からは絶対に言うもんか、とまた子どものような独占欲で、決意する。幸いなことに、その日哲平から楽の名前が出ることはなかった。

大晦日《おおみそか》の夜、迎えに行くと、哲平は祭があげた手袋を嵌めていた。

「哲平のこと、お願いします」

門扉まで見送りに出てきた哲平の両親に、「任せてください」と答え、ふたりでゆっくりと夜を歩いて神社を目指す。

「ずいぶん信用してもらってるよね、俺」

「誰にですか？」

「哲平のご両親。こんな夜中に連れ出して、普通は怒られそうなものなのに」

ああ、と哲平は後ろを振り返った。ふたりはもう家の中に引っ込んでいた。心配する様子もない。

「それだけ先生のことを気に入ってるんですよ」

「ありがたいね」

神社まで、歩いて十分ほどだ。出掛ける前まで観《み》ていたテレビ番組の話題で盛り上がっていると、あっという間に到着する。

「元気ないですね」

神社に着く頃、哲平が祭を見上げて言った。

「そう？　寒いからじゃない？」

「だったらもっと厚着して来ればいいのに」

地元で一番大きな神社には、祭たちと同じようにここで年越しを迎えようという人たちがぞろぞろと集まってきていた。家族やカップル、それから大学生くらいの若者の集団。男ふたりで来ているのは、祭たちだけのように見受けられた。

「あと、楽しみすぎて昨日あんまり寝られなかったからかも。寝不足なんだ」

ちらちらと、物珍しそうに祭を眺める視線が肌を掠めていく。だが、いつもと違って、みんな年越

しの浮遊感からかすぐに興味を失い、取り立ててひどい感想も聴こえてこなかった。

「歩きながら寝ないでくださいね」

「哲平じゃ支えられないからなあ」

鳥居をくぐると、歩くたびに人にぶつかりそうになるほどの混みようだった。これじゃはぐれるな、と祭はため息をついて心を無にすると、哲平の手を取った。手袋越しに、哲平がびくりと身体を強張らせた。

「はぐれるといけないから。どうせ誰も見てないよ」

嫌だったかな、離されるかな、と内心怯《おび》えていると、ぎゅっと哲平が手を握り返してきた。

「よく似合ってる」と祭は言った。

「何がですか？」

「それ、その手袋」

「ああ」

「選ぶのに二時間もかかった」

「高いものですよね。すみません、俺は何も用意してなかった」

「ご両親からもらってるから。それに、言われるならすみませんよりありがとうのほうがいい」

「ありがとうございます。ものすごく気に入ってます」

「それはよかった」

境内にはテントが張られ、その中で神社の氏子たちなのか、おじさんおばさんがまだ年を越していないのにすでに参拝者に甘酒を振る舞っていた。

「甘酒飲める？　もらってこようか」

「ああ、はい。寒いですしね」

がやがやと楽しそうな喧騒《けんそう》に並び、自分の番が回ってくるまで五分ほどかかった。繋いでいた手を離すとき、名残惜しさを微塵も感じていないように振る舞うのは、ずいぶんと大変だった。

大鍋からおたまで掬《すく》って紙コップに入れられた甘酒を受け取る。

「あらあ、祭ちゃんじゃないの」

名前を呼ばれ、受け取った手の先を見ると、父の姉――つまりは祭の伯母がそこにいた。

「おばさん、何やってるの」

哲平にも甘酒を渡し、伯母は列の邪魔になるから、と祭をテントの奥に入るよう促した。しばらくして、伯母は別の人に代わってもらったのか、三角頭巾を外してため息をつきながらやって来た。

「お父さんが……、あ、祭ちゃんのおじいちゃんがね、今年は氏子総代で、だけど今体調崩して寝込んじゃってて、私が手伝いに駆り出されちゃったの。ほんと、忙しいったらないわよ」

「はあ、そうなんだ」

気のない祭の返事に、伯母は苦笑した。隣にいる哲平は、わけもわからず居心地悪そうにもじもじしていた。

「おばさん、俺、今家庭教師してるんだけど、彼、教え子の哲平くん。で、哲平、こちら、俺の伯母」

「こんばんは。かっこいい子ね」

「こんばんは」と吊り目をできるかぎり緩めて哲平は頭を下げた。

「祭ちゃんが家庭教師」

「ついでに言うと、春から塾講師だ」

「就職、決まったのね」

おめでとう、と伯母は言った。それから少し顔を伏せて息をつくと、気合いを入れるように、よし、とつぶやいてから顔を上げた。

「今度、お祝い贈るわね」

「いいよ」と祭はかたい声で言った。「あの人にも俺のことは言わなくていい」

あの人。父方の祖父のことだ。昔から、祭はあの人が嫌いだった。おそらく楽も嫌いだし、母だって嫌いだと思う。

伯母はまた苦笑して、言い訳のように言った。

「最近少しは丸くなったのよ。今度顔を出してちょうだい」

「気が向いたらね」

多分、一生気が向くことはないだろう。それを感じ取ったのか、伯母は仕方なさそうに口角を無理やり引き上げて言った。

「せめて私からのお祝いは受け取って」

「うん」

「じゃあね」と伯母が祭の背中をさすって、哲平にも「勉強がんばって」と声をかけ、祭たちはテントを離れた。

スマホを見ると、十一時五十分になっていた。石畳から外れて、人通りの少ない椎《しい》の木の下で、祭たちは年が明けるのを待つことにした。

「訊いてもいいですか？」

甘酒に口をつけながら、哲平が言った。

「うん」

「おじいさんと仲悪いんですか？」

「そうだね。かなり悪い」

「どうして？」

少し前なら、きっと遠慮して深くは訊いてこなかっただろう。だが、今の哲平は祭に気を許しすぎていて、祭もまた、哲平に訊かれたら何だって答えてしまうくらいには、気を許していた。哲平に対する祭の正直な気持ち以外、祭はもう隠し事はできないだろう。

哲平の秘密を知った代わりに、俺の秘密も教えてあげよう、と祭は人差し指を唇に当てた。

「俺が産まれたとき、あの人が言ったんだ。こんな化け物を産むとわかっていたら父さんと結婚させなかった、母さんの血が悪いんだって。だから父さんはあの人と縁を切って家を出た。それから、楽が産まれて、そしたらあの人は調子よく復縁を迫ってきた。でもまあ一応血の繋がった祖父だし、会わせてあげようと両親は俺と楽を連れて行ったんだ。それなのにあの人、楽のことはかわいがって、俺のことは無視したんだ。そのとき俺はもう五歳になってて、人と違うことも、自分に向けられる視線の意味も十分にわかってる歳だった」

「それで、どうしたんです？　先生のご両親は」

「怒ったよ。楽だけに甘い顔をするのは許せないってね。俺もあの人にそういう扱いをされて悲しかった。でも一番悲しかったのは、俺のせいで母さんが罵倒されることだった。あまり泣かない子どもで通ってたのに、俺はそのときわんわん泣いて、それ以来あの人の家には行ってない。伯母はたまに様子を見に来てくれてたりしたけど、父さんが死んでからはそれもなくなって、今日数年ぶりに会ったよ」

　許せないんだ、と祭は言った。

「父さんの葬式のとき、あの人は母さんと結婚したから息子はこんなに早死にしたんだって、そんな馬鹿なことを周りに言いふらしてた。俺のことも、あんなの孫じゃないって喚《わめ》いたりしてさ。楽は泣いてるし、俺もなんか言い返せない自分が情けなくなっちゃって。そしたら母さん、どうしたと思う？」

　父の葬式を思い出して、祭は笑った。哲平はまじめな顔で首を傾げた。

「どうしたんですか？」

「母さん、あの人のこと、みんなの前で殴ったの。ぐーで」

　こぶしを握って、祭は前へ突き出した。

「うるさい！　いい歳して葬式のあいだくらい黙ってられないのか！」

「それは、何と言うか、ものすごくかっこいいですね」

「うん。今後一切うちに関わらないでくださいってきっぱり言って、参列してたみんなも概《おおむ》ね母さんに賛成って感じだったかな。いやあ、あの右ストレートには俺もすっきりした」

ふっと鼻で笑って、手を温めていた甘酒を飲む。ほんのり甘い麹《こうじ》の味がやさしく沁《し》みていく。三年くらい前にも同じ甘酒を飲んだけれど、こんなにもおいしくはなかったな、と考えて、哲平が隣にいるからだ、とすぐにその理由に思い至った。

「でも、先生はまだ気にしてるんですよね」

哲平が白い息を吐きながら言った。

「まだ、悲しいですか」

「そうだね」と祭は答えた。「俺のせいでみんなの関係が壊れちゃったから。多分、俺はそのことにずっと申し訳なさを抱えてるんだと思う」

「先生は」と哲平がためらうように訊いた。「普通に生まれたほうがよかったと思いますか」

黒い目が、じっと祭を見つめた。

ああ、と祭は目を瞑《つむ》った。

忘れていた。哲平も、〝普通〟ではないということで、悩んでいた。自分がここで頷いたら、きっと哲平を傷つけてしまう。

「俺は、」

祭がほんの少し迷ったあいだに、哲平がそれを押し流すように言った。

「俺は、普通がよかったです」

それっきり、哲平は黙った。祭も言うべき言葉が見つからなくて、たとえ今何か言ったとしても、全部薄っぺらく聴こえてしまいそうで、何も言えなかった。

遠くから聴こえる除夜の鐘の音に耳を澄ます。

カウントダウンが始まる。

あと十秒、九秒、八、七、六、五、四、三、二、一——

「俺は、」

わーっという歓声にまぎれて、きっと自分の声は哲平には聴こえないだろう。

明けましておめでとう、の声に混じって、祭は言った。

「俺も、普通に生まれたかったよ」

祭が何か言ったのはわかったらしい哲平が、え、と耳に手を当てて訊き返した。祭は首を振った。

「ううん、明けましておめでとう」


一月は、卒論のまとめがまだ終わらないという森川を手伝って、それなりに忙しく過ごした。もしかしたら自分の卒論より頭を使ったかもしれない。

レジュメを作って、進行役の下級生と打ち合せをして、二月頭、いよいよ卒論発表を迎えた。この結果如何《いかん》では卒業が危ぶまれるが、ゼミのみんなが無事合格認定をもらい、その夜浮かれた勢いのまま大学近くの居酒屋で打ち上げパーティーが行われた。

「寂しくなるなあ」

強くもないのに中ジョッキを一気に飲み干して、森川が言った。

「俺は富山《とやま》に就職だし、地元も違うからさ、もうあんまりこっちに戻って来ることもないんだよな」

「同窓会開いてあげるよ」

村瀬があやすように森川の背中を叩いた。

「うん」

「露崎も俺もこっちにいるから、寄ることがあったらいつでも呼んでくれていいし」

な、と訊かれ、祭は「ああ」と頷いた。

村瀬と言い争ったあの日まで、卒業したら簡単に切れる縁だと思っていた。そう思って、自分を殺して適当に遊んで適当に笑って適当に付き合っていた。

でも今は違う。森川が言うように離れるのは寂しいし、特につるんで来たこのふたりを友達だと素直に言える。

「卒業、したくないなあ」

誰かのつぶやきに、みんなのあいだにしんみりとした空気が流れた。

卒業式が終われば、みんなそれぞれの道を歩いていく。もう会うこともない人だっているだろう。

「会おうと思えば、いつだって会えるさ。俺たちはまだ若い。死なない限り、いつだって会える」

村瀬が言った。気の弱そうな村瀬が、実は結構熱い男だと知ったのはつい最近だ。顔に似合わず、彼の言葉には説得力がある。

「そうだな」と森川が頷いて、みんなもそれに同意する。しんみりした空気が消え、賑《にぎ》やかさが戻ってきた。

会おうと思えば、いつだって会える。

グラスになみなみと注がれたビールを呷《あお》りながら、祭は哲平を思った。

祭が哲平の家庭教師じゃなくなって、もし塾にも入ってくれなかったら、自分と哲平の関係はどうなるのだろう。それに、たとえ今の関係が続いたとしても、一年後哲平が大学へ進学して遠くへ行ってしまえば、物理的に会うのは難しくなる。

元先生と元教え子。その薄すぎる繋がりは、きっとすぐに切れてしまう。

そこまで考えて、祭は鼻を鳴らした。

何を考えているんだ。哲平との別れを覚悟して、心の準備をしているはずだったのに。叶《かな》わない想いを断つためには、離れてしまうのが一番なのに。

もう何度もぐるぐると考えている。

離れたいけど、離れたくない。誰かと幸せになってほしいけど、ずっとひとりでもいてほしい。友達と離れるのが寂しい、家族も大事だと言うのも本当で、でも世界中の人類がすべて滅びて、自分と哲平だけになってしまえばいいと思うのも、まぎれもなく祭の本心だった。

共存できないはずの想いが、祭の中に同時に存在しているのだから、おかしな話だ。

「露崎、もっと飲め飲め」

森川が赤ら顔で自分のジョッキを祭に差し出した。いつもはセーブしているが、バカ騒ぎできるのもあと少しだと、祭はそのジョッキを遠慮なく受け取った。水のようにぐびぐびと飲み干し、今度はピッチャーに入れられたビールに手をつけた。

あまり酔わない体質だが、飲み会が終わる頃にはふわふわした心地になっていた。もう午後十時を過ぎていて、きっと風呂にも入ってしまっただろう母に迎えに来てもらうのも申し訳なく、三十分くらいの距離だし、まあいいか、と歩いて帰ることにした。

大学周辺は遅くまでやっている店が多く、ビリヤード場やラーメン屋、雑貨屋などもまだ開いていた。

そしてその中でふと、ケーキ屋が目に止まった。外に掲げられた看板に、バレンタイン用チョコレートあります、と書かれていた。

そういえばもうすぐバレンタインだ。祭は引き寄せられるようにその店に入った。恥ずかしいからやめておこうという理性は、酔った祭にはなかった。ぎょっとした若い女の店員にぺこりと頭を下げ、「これください」と一番高そうなハート型のチョコを指差す。

ラッピングはどうしますか、と訊かれ、かわいくしてください、と満面の笑みで答えると、店員は笑いを堪えながら丁寧に包んでくれた。

ピンクの包装紙に、真っ赤なリボン。紙袋はカラフルなハートが乱舞したバレンタイン仕様だった。

「小学生の女の子が好きそうなデザインだ」と祭が言うと、店員も頷いた。

「私もそう思います。店長には内緒ですけど」

翌朝、枕元に置かれたかわいらしいラッピングが施されたチョコを見て、祭は一瞬どうしてこんなものがここにあるんだと混乱した。

母からにしては派手すぎる。そして顔を洗ってもう一度部屋に戻ったとき、ようやく思い出した。

「そうだ、自分で買ったんだった」

気は多少大きくなるが、酔ってすべての記憶をなくすタイプではない。ところどころ抜け落ちてはいるが、概ね覚えている。昨夜、もうすぐバレンタインだということに気づいて自分が買ったものだ。

もちろん、渡す相手には哲平を想像していた。

バレンタインは三日後。どうしようかな、と迷っていると、コンコン、とドアがノックされ、楽が顔を出した。

「兄貴、朝ご飯。ババアが早く来いって」

「ああ」

それだけでドアを閉めるかと思ったら、楽はにやっといやらしく笑ってチョコを指差した。

「それ、がんばって渡せよ」

酔っ払った祭は楽にチョコを自慢したらしい。そして祭が咄嗟に摑んだ枕を投げるより早く、楽は部屋から出て行った。

リビングに顔を出すと、キッチンでコーヒーを淹れていた母が祭を見るなりため息をついた。

「顔、むくんでる。ぶっさいく」

それに、「生まれつきだよ」と皮肉を返すと、母は眉間に思いっきりしわを寄せた。

「あんた、哲平くんにチョコ渡すんだって？」

楽だな、とすでにテーブルに着いて朝食をせっせと口に入れている犯人を睨むと、知らんぷりを決め込まれた。祭はため息を返して言った。

「そうだけど、何」

「ホワイトデーすらまともにお返しをしなかったあんたが」

「うん」

「教え子に」

「うん。問題が？」

「ないわね、まったくない」

ただ、と母は続けた。

「問題があるとすれば、向こうの気持ちね」

「哲平の？」

「渡されたって、困るでしょう」

「せっかく買ったんだ。渡すに決まってる。それに、一個ももらえないより、もらえたほうがうれしいだろ」

「たとえそれが男からでも？」

「そう」

迷っていたが、今決めた。渡すなと言われたら、渡したくなるのが人の性《さが》だ。

「そうかな」と母は言った。「やめといたほうがいいと思うけど」

　いつもはっきりものを言う母にしては奥歯にものが詰まったように歯切れが悪い。ケトルを置いて、コーヒーサーバーからマグカップへ茶色い液体を注ぎ直す。その顔は少し曇って見えた。

「なんだよ」と祭は訝しげに訊き返した。

　マグカップのひとつに砂糖とミルクを入れ、もうひとつはブラックのまま、母はそれをテーブルに置いた。甘めのが楽で、ブラックが祭のだ。

「聴いてるでしょ、哲平くんのこと」

「は？」と祭は母を見てから、楽に視線を移した。楽は首をぶんぶんと振った。

「俺は言ってない」

「やっぱりか。……部長に聴いたのよ」と母は楽の無実を証明するように言った。

「いつ？」

「つい最近」

「どうしてまた」

「祭の後任に当てはないかって言われて」

「ああ」

　なるほど。祭と同じ獣化症の人間を、母なら知っているかもしれないと考えたのだろう。

　獣化症の子どもを持つ親の会、というのがあり、情報交換の場として昔は母も入っていた。その伝《つ》手《て》で、手頃な獣化症の人間を紹介してほしい、と。

「それで、問い詰めたわけか。どうして獣化症の人間じゃないといけないのかって」

「まあ、そういうこと」

母相手に冷や汗をかく哲平の父親が思い浮かんだ。しかし、それより、つい最近、ということが気になった。後任探しをしているということは、哲平はやっぱり塾には来ないつもりだろうか。

「その反応だと祭も知ってたのよね。知っててどうしてそんな子にチョコなんてあげるのって話」

祭が答えるより先に、「バレンタインにチョコをやる意味なんて、ひとつしかねーと思うけど？」とどうでもよさそうに楽が言った。

だが、どうでもいいのは楽だけだった。祭の顔がわずかに強張ったのに気づいて、母がはっと祭を見つめた。

一瞬にして空気が凍った。否定するタイミングを、完全に失った。

「まさか、祭、あんた、」

母の顔からさあっと血の気がなくなって、唇が震え出す。

その顔を見て、父の葬式を思い出した。

あの人――祖父が喚き散らしたのに怒り出す一歩手前の母の顔。

――今、同じ顔をするのか。息子が同性愛者かもしれないと疑念を持った、今。

なるほど、と祭は理解した。あのときはわからなかったが、今思うに、多分あのときの母が感じていたのは、怒りだけではなかったのだと思う。

普通に産んであげられなかった後悔と、普通に産まれてきてくれなかった祭への呵責《かしゃく》、〝普通〟に対する劣等感。

成長した今だから、わかる。さっと引き波のように温かみが消えた部屋の中に、残ったのは母の複雑な心中だった。

母は祭が哲平を好きだと言ったら、悲しむだろう。これ以上人と違っていくことを、決して歓迎しないだろう。

「違うよ。そんなわけないだろ」

目を逸らして、肩をすくめた。明らかにずれたタイミングで、ずれた言い訳だった。

楽は受け入れてくれた。でもそれは、母親ではないからだ。祭への責任がないからだ。

はあ、と大きなため息が聴こえた。祭の嘘は、母には効かなかったようだ。

「ちょっと考える時間をちょうだい」

「どうぞ好きなだけ。でもどっちにしろ、俺にはそういうの、関係ないから」

「どういう意味？」

「俺が誰を好きになっても、叶うことはない。叶わないから、俺は言わない。だから関係ない」

「祭」

「いいんだ。そういうものだって、わかって生きてる」

へらっと祭が笑うと、母はその頰をバチンと叩いた。叩かれたのは祭なのに、母のほうが悔しそうに顔を歪めて、もう少しで泣きそうだった。

「そういうの、やめなさいって言ったでしょ」

「……いいよ、怒っても。でも、事実は変わらない。俺は納得して生きてる。折り合いをつけて生きてる。でもそれが悪いことだとは思わない。俺だけじゃない。普通の人だって何かしら抱えて生きてる。そうだろ？　わかってくれる友達もできたし、母さんも楽もいる。それだけで結構俺の人生、幸せだって思ってる。十分だろ、それで」

しん、と部屋の中が静まり返り、互いの呼吸音だけが聴こえてくる。少しでも動けば、得体の知れない何かに襲われそうな雰囲気だった。

「もっと欲張れよ」

最初に緩やかな空気を凍らせたのと同じように、それを壊したのは、楽だった。

「兄貴は謙虚すぎるんだよ。コンプレックスこじらせて卑屈になりすぎだし。受け入れてくれる人間だっているかもしれねーじゃん。とりあえず告れっつーの」

「楽！」

「うっせーババア。むずかしく考えるからむずかしくなるんだよ」

「そういう問題じゃないでしょ」

「じゃあどういう問題なんだよ」

訊かれ、母は押し黙った。

確かに、楽の言うとおり、むずかしく考えるからむずかしくなるのかもしれない。だが、どうしたって考えるし、欲のままには生きられない。二十余年間そうやって生きてきた。今さら変えられるものでもない。

「ババアはもうそういうのやめろよ」

「そういうの？」

「母親面して兄貴のこと束縛すんのをだよ」

「母親なんだから母親面するのは当たり前じゃないの！」

「そりゃそうなんだけどさ、兄貴はもういい大人なんだし、自分で生き方くらい決めれるって話。俺だって兄貴がホモとかマジ理解できねーけど、好きってんならしゃーねぇじゃん。でも、ババアはただ自分がかわいいから反対してんだろ？　息子がホモなんて、って」

「そんなわけないでしょ」

「自分が後ろ指さされんのがヤなだけじゃないの？　違うの？　マジで？」

「親なんだから！　子どもが苦しい道を進もうとするなら止めるのが当たり前でしょう！」

吠えるように母が言った。

「わかったような口きかないで！」

さすがの楽も、そして祭も、母の剣幕に息を呑む。

「好き勝手させるだけが親の愛じゃないんだから……っ。そりゃあ、どうしても祭がそうしたいなら応援するけど、整理する時間くらいくれって言ってんの！」

「じゃあババアは整理ができたら兄貴が男好きでもオッケーなわけだな？」

ぐっと母が口元を引き締めた。そしてぐるぐる何か考えるように人差し指でトントンとこめかみを叩いたあと、「そうね」と静かに吐き出した。幾分か冷静になったようだった。

「でも哲平くんはダメ。未成年だから」

「告白したりしないよ」と祭は視線を床に転がした。「言っただろ。どっちにしろ、どうしようもない」

「でも祭、あんた今まで女の子が好きだったわよね？　どうしていきなり哲平くんなの？　哲平くんがそうだから、ちょうどいいって思ったの？」

「ちょうどいいってなんだよ」と楽が口を挟んだ。

「俺には子どもができないからってことだよ。そんな男、女が相手にするはずがない。だから男に走ったのかって意味だろ？」

不貞腐れたように「まあ」と頷いた母に祭は言った。

「そんなこと、考えたこともなかったよ。俺は、女の人を好きになるように、普通に哲平を好きになった。それだけだよ」

普通に。

そう言った祭を、母は痛ましい目で見て、それから大きな塊を呑み込むようにぐっと喉を逸らし、はああっ、と声に出して息を吐いたあと、キッチンに戻って自分用のコーヒーを淹れはじめた。

「なんだかなあ」と母は言った。「あんなにかわいかったのに、いつの間にかいっちょまえの男みたいな顔してさ。祭も、楽も。母さんのほうが子どもみたいじゃないの」

「歳取ったら幼児退行するアレじゃねーの？」

「まだそこまでいってない」

とにかく、と区切りの目印をつけるようにはっきりと言い、母は祭を睨むようにまっすぐ見つめた。

「男だからとかそんなんじゃなくて、哲平くんは教え子なうえに未成年。だから私は反対します。でも、祭が自分は獣化症だからって縮こまってるのも気に食わない。なので、」

「なので？」

「教え子じゃなくなったときにまだ好きだったら、告白を勧めます」

はあ？　と祭は素っ頓狂な声を上げ、同じように思っているだろう楽に助けを求めるように視線を向けた。ところが、楽は手を叩いて爆笑しはじめ、母に賛同した。

「いいんじゃね？　じゃあ三月に決行な」

「いや、待てよ。おかしいだろ。それに、まだ哲平は塾に来るかもしれないんだからしばらく教え子だよ」

「じゃあ塾に来るってんなら来年。来ないなら来月」

「勝手に決めるな。……母さん、冷静になれよ。自分が言ってることわかってる？　息子が心配って言ったその口で、茨の道を歩かせようとしてるんだぞ」

「祭が言ったんじゃない。自分は普通に好きになっただけだって。だったら、自分の気持ちを伝えることにためらってほしくない。獣化症だからって一生指咥えて見てるつもりだなんて、そんなの悲しい。あんたも、それからあんたを産んだ私も」

正直に、母は言った。自分も悲しい。

「詭弁《きべん》だよ、そんなのは」

「でもそうでも言わないとあんたは一生そのままでしょう？」

「無理だよ」

「無理じゃない」

「振られるよ」

「わかんないじゃない。しょっちゅう遊びに行ったりしてるんだし、脈あるかもよ」

「ないよ。そんなふうに思ってないから気軽に遊べるんだよ」

「そうかな？　俺はイケると思うけど」

さらっと、楽が言う。祭のコンプレックスを再燃させたのは半分楽のせいでもあったのに、哲平が楽のことを好きになる可能性など微塵も感じていない様子だった。その姿に、少しイラッとした。

「俺なら、俺みたいなのより楽を選ぶよ」

卑屈さを重ねて吐き出した祭を、楽が「バカだな」と笑う。

「兄貴は何もわかってねぇ。顔より中身を大事にするやつは案外多いんだぜ。じゃあ、なにか？　兄貴は俺がとんでもない不細工を連れてきたら反対するのか。そんな女より別のやつを選べって勧めるのか？　違うだろ」

それに、と楽は続けかけて、やっぱりいい、と首を振った。

「実感がないと兄貴はどうしたって信じないだろうから」

楽の言うことはもっともだ。コンプレックスというのは、それを上回る何かがないと、到底拭えない。今までの祭は、諦めただけなのに、克服したと思い込もうとしていただけだった。楽の言うとおり、自分はきっと、他人に愛される経験をしてみないと、ずっとこのままなのだろう。

そしてそのためには、手を伸ばすための努力をしないといけない。それを今しろと、ふたりは言っているのだ。理屈はわかる。わかるけれど。

「振られたら慰めてあげるから」

ね、と母が言うと、楽も「おう」と頷いた。

「がんばれ祭」

……めちゃくちゃだ。

「反対じゃなかったの」

祭が言うと、母は「そうだった」と舌を出し、それから言った。

「もしうまくいっても、哲平くんが大人になるまで清い交際を求めます」

「やらしー」と楽が茶化した。

「わかった、わかったよ」と祭は投げやりに、だが確かな本気も交えて言った。「期限は定めないけど、いつか。いつか、ちゃんと伝える。それでいいだろ」

母と楽が顔を見合わせた。そして、「それならよろしい」と同時に言った。楽は母親似だな、と改めて思う。

「とりあえず、チョコはちゃんと渡せよな」

「そうね。買っちゃったんだし」

「言われなくても」

頷いて、席に着く。あんなに張り詰めた空気が嘘のように、すっかりいつもの食卓に戻っていた。

おそらく、母も本当に納得したわけではないのだろう。大人として、親として、正しいことがしたかった。そしてこんな短時間にそんなふうに折れられたのは、きっと祭を産んでから数えきれないくらい未来を悩んで、幾通りもの答えをあらかじめ探しておいてくれていたからだろう。

祭はコーヒーのいい香りを吸い込むと、ふたりに聴こえないくらい小さな声で「ありがとう」とつぶやいた。


バレンタイン当日。チョコを鞄に押し込み、祭は家を出た。自転車で坂道を上り、哲平の家が見えてくる頃、スマホが震えた。立ち止まって確認すると、楽からだった。

『日和るなよ』

既読をつけて、でも返信はしない。ペダルにもう一度足をかけ、漕ぎ出す。

いつもより少し心臓の音がうるさい。

別に、告白するわけじゃない。チョコを渡すだけだ、と家を出てから何度も自分をはぐらかしていたが、なかなか思いどおりに落ち着いてはくれなかった。

それに、チョコの他にもうひとつ、悩みの種があった。そろそろ哲平に塾のことを訊かなければならない。母の話だと祭の後任探しは捗《はかど》っていないようだし、それならば塾に来るのが哲平にとっては一番いい。

哲平が不安なら、なるべく他の生徒と鉢合わせないように配慮してもらうし、理系に限らず祭が全部教えたっていい。保護者から要望があって、しかるべきお金が支払われるなら問題ないと塾長も言っている。塾は学校ではない。特別扱いだって許される。

「こんにちは」

インターフォンを押すと、すぐに哲平が顔を出した。微笑みかけられ、今日はいつも以上にどきりとした。鞄の中のチョコが急に存在感を増し、祭はそれをぐっと身体に引き寄せると、自転車をガレージにしまい、哲平のあとに続いた。

いつもどおり授業を行い、簡単な小テストをこなし、そのあとはだらだらとお喋りするのが恒例になっている。

コーヒーのお代わりを哲平が持ってきたあと、祭は決心して潔く鞄からチョコを取り出した。かわいらしいラッピングのそれを、哲平は驚いた顔で受け取った。

「どうしたんです、これ」

「今日、バレンタインだから」

「買ったんですか？　わざわざ」

「そう」

「先生が自分で？」

「そうだよ」

祭が首の後ろを掻くと、哲平はおかしそうにふふっと笑った。想像していたよりずっと恥ずかしい。

「ありがとうございます。すごくかわいいラッピングですね。開けてみても？」

「ああ」

　頷くと、哲平は白くて骨ばった細長い指でするするとリボンを解いた。ハートマークのシールを丁寧に剝がし、包装紙を破らないように慎重に開いていく。そして現れたハート型のチョコに、口元を押さえてまた笑った。

「どんな顔して買ったんですか？」

　祭は満面の笑みを再現し、チョコを指差した。

「これください！」

「あははははっ」

　大きな笑い声に、ベッドで寝ていたクロがびくりと顔を上げた。それにごめんと謝って、哲平はもう一度礼を言った。

「ありがとうございます。ホワイトデー、お返ししますね」

　そしてそう言ってから、あっと気づいたように顔を曇らせた。

　三月十四日。そのときにはもう、祭は哲平の家庭教師を辞めている。

「なあ、哲平」

　祭は馬鹿みたいな笑顔を引っ込めてまじめなトーンで言った。

「塾、やっぱり来なよ」

「でも、」

　伏せられた睫毛が、目の下に影をつくった。

「また同級生に絡まれるのも嫌ですし」

「平日の昼間にすればいい。絶対鉢合わせないようにする。もし何かあったら、俺は一〇〇パーセント哲平の味方になるし、たとえば、哲平があまりにムカついて相手を一回くらい殴っちゃっても全力で揉み消す。そのくらい本気だし、その本気を哲平にもわかってほしい」

みゃお、とホーがチョコの匂いを嗅ぎに膝に登った。だが食べ物ではないと判断したのか、哲平の太腿《ふともも》を掻いて砂かけの仕草をしはじめる。

「塾に来たほうが、絶対哲平の将来のためになると思う」

祭の独占欲を差し置いても、このまま祭の後任が見つからないとすれば、哲平の受験は不利になる。石を呑み込んだような重苦しい時間がしばらく流れ、いくら掻いても匂いがなくならないと諦めたホーが、哲平の膝から離れた。

「俺の将来って何ですか」

哲平が去っていくホーを見ながら言った。

「大学に入って、就職して、自立して、それで？　その先に何があるんでしょうね」

諦観を滲ませたその横顔が、きれいだと思った。

長く伸びた睫毛、瑞々しく潤んだ眼球、桜色の唇、出っ張った喉仏。

少なくとも祭には、哲平にはまだまだ先があるように思う。それは広すぎて、あいまいで、まだちゃんと道にさえなっていない。だが、道をつくろうと思えば、いくらでもつくれる。そういう場所に、きっと哲平は立っている。

「さあ。俺にもわかんないけど」

見惚《みと》れたのをごまかすように、祭はふっと一笑し、緩く首を振った。

「少なくとも俺は、いい大学に入ってよかったとは思ってるよ」

「どうしてですか？」

真っ黒な瞳がこちらを向いた。

「だって、家庭教師なんていうバイトにありつけて、哲平と出会えたんだから」

さっと視線が逸らされる。やわらかそうな唇を食んで、哲平は居心地悪そうに脚を動かした。あまりに臭いセリフに、照れたのか呆れたのか。嘘ではないが、軽薄そうに聴こえたかもしれないと、祭は少し姿勢を正して続けた。

「あんまりさ、遠くを見すぎないほうがいいよ、哲平は。遠くを見すぎたら、近くにある大切なものを見落としちゃうかもしれないし、今ここにある幸せだってわかんなくなるよ」

「ここにある幸せ？」

窺うように、また視線が祭に戻った。

「ああ。たとえば、かわいらしい猫二匹とか、おいしいコーヒーとか、俺にもらったチョコレートとか」

最後のひとつは笑わせるつもりで言ったのに、哲平は自分の手の中にあるチョコをじっと見つめたあと、「そうですね」とまじめな顔で頷いた。あまり喜ばせるものではなかったのかもしれない、と急に全身の血液がさっと温度をなくしていく。

——やっぱり、ダメだよ、楽、母さん。俺には到底、恋愛なんて無理だった。

「楽からのほうがよかった？」

苦笑と同時に零れた祭の言葉に、はっとした表情で、哲平が顔を上げた。それから眉間にしわを寄せ、「なんで」とつぶやいた。図星、だったのだろう。祭は少なくともそう捉えて、潰れそうになる胸を庇うように、吐き出した。

「あいつはやめといたほうがいい。巨乳好きだし、好きになってもいいことないよ」

「なんで先生がそんなこと言うんですか」

先ほどまでの空気が、鋭く温度の低い哲平の声で一変する。

「自分の弟が男なんかに好かれたら困るから？」

「違う」

咄嗟に否定したが、哲平は聞く耳も持たずに続けた。

「先生もやっぱり俺のこと変だと思ってたんだ。だから俺が楽くんと仲良くするのは反対で——」

「違う！」

チョコを持つ哲平の手を、祭は覆うように強く握り、自分の毛むくじゃらの指と、哲平の滑らかな肌を見比べた。全然違う。似ているところなど、まったくない。でも、だから、たまに重なる思考とか、笑い出すタイミングとか、そういうのがより愛おしい。変だなんて、思うはずもない。

息を吸ってじっと瞳を見つめると、哲平は傷ついたように目を逸らした。逃げようとする手をさらに強く握って、祭は言った。

「誤解しないでほしい。哲平が変だと思ってるから楽を好きになるななんて言ったわけじゃない」

「じゃあなんで」

消え入りそうな、泣きそうな声で哲平が訊く。

自分の劣等感が、自信のなさが、哲平を傷つけてしまった。自分の弱さで好きな子を傷つけるのは、一番やってはいけないことだ。傷つけるくらいなら、自分が傷つくほうが何倍もマシだ。

言うしかない、と祭は思った。日和るなよ、と楽が送ってきたＬＩＮＥのメッセージが、頭の中で再生された。

「楽に盗《と》られたくないからだよ」

逸らされていた視線が、戻った。漆黒の瞳の中に、祭がはっきりと映り込む。

正直、怖い。恋心を誰かに告白するのは、考えてみれば人生で初めてだった。手汗が出ていないだろうかとか、鼻息は荒くなっていないだろうかとか、余計なことばかりが気になって、しかしそれらを掻き分けるように、喉の奥の声帯が震える。

「俺が、哲平を好きだから」

ぱちり、と音がしそうなほどはっきりと哲平のまぶたが開閉した。言葉の意味を理解していない顔だった。だから祭は、もう一度、伝えることにした。

「哲平が好きで、だから楽を好きになられると、……いや、他の誰かを好きになられると、俺が困るんだ」

「好き……？」

パコッと、手の中でチョコレートを覆う薄いプラスチックボックスが音を立てる。ふたり分の熱で溶けてしまいそうだな、と心配になる。

「俺を……？」

「そう。哲平のことを」

「誰が？」

「俺が。露崎祭が」

「うそ」

「うそじゃないよ」

「でも、先生はノンケなのに」

「ノンケ？　異性愛者ってこと？」

こくりと哲平が頷いた。祭はそれにゆるゆると首を振った。

「哲平を好きになった時点でそういうカテゴリはもう意味を成さないんじゃないかな。恋愛を友情と間違える歳でもないし」

それで、と祭は哲平の答えを聞きかけて、泣きそうな哲平に気づいて握っていた手をぱっと離した。自分に好意のない相手にこんなことをされたら、泣きそうにもなる、と昂っていた気持ちがすとんと急降下する。やっぱり言わなきゃよかっただろうか、と祭は項垂《うなだ》れた。

「ごめん」

しかし、謝った祭を引き留めるように、今度は哲平の手が、祭の手を掴んだ。

「楽くんは、」

いきなり出た弟の名前に、ひゅっと喉が鳴る。哲平は大きく息を吸って吐いてから、続けた。

「確かに友達になってくれた貴重な人だけど、恋愛として好きではないです」

「ああ、そう」

本当か、と疑う気持ちもむくりと頭をもたげるが、訊いたところでやはり本当のことなどわかるはずもない。もうこの話はやめよう、と祭が口を開きかけたときだった。

「俺は、……俺の好きな人は先生ですから」

絞り出すような声で、哲平が言った。哲平の目は、恥ずかしそうに、けれど確かにまっすぐ祭を見つめていた。

「なんとか言ってくださいよ」

両想い。その言葉がばちんと頭上で弾けて、祭は気づくと哲平の身体をきつく抱きしめていた。

「うそ」

「うそじゃないです」

先ほどと同じやりとりに、哲平がふにゃりと笑った気配がした。

「俺も、先生が好きですよ」

お互いにぎゅうぎゅうと抱き合って、少し冷静になる頃には、逆に恥ずかしくて手を離せなくなっていた。

「チョコ、溶けちゃう」

哲平がくつくつと喉を鳴らしながら言った。それを合図に、祭はぽんぽんと背中を叩き、抱きしめていた腕を解いた。身体が離れると、真っ赤になった哲平の顔が見えた。

「信じられないな」と祭はチョコを持つ哲平の手に自分の手を重ねて意地悪く言った。「先生は眼中にないって哲平が言ったのに」

「あれは、だって」

拗ねるように頬を膨らませ、チョコを机に置くと、哲平が手のひらを上に向けて、祭の指に指を絡ませ、握った。

「そうでも言わなきゃ先生が警戒して辞めちゃうと思ったから」

聞くところによると、哲平は少し前から楽に恋愛相談をしていたらしい。あまりにも哲平が祭のことを聞きたがるので、早々にバレてしまったそうだ。

しかし、そうすると、楽はふたりの気持ちを知っていたことになるのだが、それを言わなかった理由が祭には何となくわかってしまった。

——実感がないと兄貴はどうしたって信じないだろうから。

臆病なふたりが自分たちで自主的に歩み寄るように、自分の手で殻を破るように、決して立ち入りすぎないスタンスを貫きたかったのだろう。確かに、あの時点で「宇野は兄貴のことが好きだよ」と言われても、信じられなかったに違いない。意地悪でそうしていたわけではきっとないし、もしこじれたら取り持ってもくれただろう。

「なるほど。言ってくれても全然よかったのに」

「言えるわけないじゃないですか」

「……そうだね」と祭は頷いた。

自分も、言えなかった。言うのにはたくさんの勇気と、それから今みたいなきっかけと勢いがいる。

「でも、本当は、最後の授業のあと、言うつもりでした」

「最後？」

「はい。先生の傍にいると、うれしいんだけど言えない分苦しくて、だから塾に行きたくないって言ったのは、それが理由だったんです。先生のこと、好きになったから。でも俺の気持ちなんて迷惑だろうし、だったら傷が浅いうちに離れようと思って」

「それで、最後に言い逃げしようと？」

「はい。告白してちゃんと振られて、思いっきり泣くつもりでいました」

「ごめんね、その計画台無しにしちゃって」

祭が肩をすくめると、哲平はふっとやさしく笑って、ゆっくりと祭に凭《もた》れかかった。

愛しいな、と思うのと同時に、下腹がざわざわした。もう片方の手で、やわらかい猫ッ毛の髪を梳《す》く。

「ごめんなさい、先生」

「ん？　何が？」

「本当なら、俺が諭すべきなんだろうけど、俺はずるいから、先生がこっち側に来るなら、勘違いじゃないかとか訊かないし、全力で引っ張り込む」

「馬鹿だなあ」と祭は哲平の髪を掻き回した。「それを言うなら、俺だって、こんなやつやめとけって言う場面だろ。先生なんだし。それに、だいたい理由とかどうでもいいよ。俺が哲平を好きで、哲平が俺を好きなら、あとはどうでもいいことじゃない？」

「それもそうですね」

いろいろな思いが頭を巡ったのだろう。簡単に割り切れることではない。わかっている。それでも、それを考えていればきりがないこともわかっている。少しだけ寂しそうな顔で口角を上げた哲平に、祭は言った。

「それと、好きっていうの、勘違いじゃないから」

「え？」

「俺、哲平で余裕で抜いてる」

ぼんっと音がしそうなくらい、哲平の顔がさらに赤くなった。

「ちょ、もう、そういうこと言わなくていいです」

「でも言わないと不安だろ？　ちゃんとそういう意味で好きだよって。あとついでに言うと今少しやばいです」

哲平の視線がちらりと下を向く。祭はきゃっと悲鳴を上げた。握られた手が怒るようにばんばんと太腿に打ち付けられる。

「先生ってそういうとこありますよね。大事な場面ですぐ茶化す」

「照れてるんだよ。いっぱいいいっぱいいなんだ、これでも」

疑うように上目遣いで覗き込まれる。無意識かもしれないが、哲平は凶悪だ。凶悪なまでに、かわいい。飛びそうになる理性を抑えて、祭は訊いた。

「こんな俺で、ほんとにいい？」

「もちろんです。かっこよくて頭がよくてやさしくて、おまけに足も臭くない。いいとこしかないじゃないですか」

「それもそうだ」

にゃあん、とクロが呆れたように鳴いた。みゃあお、とホーもそれに同意するようにあくびをした。

「先生、俺、塾行きます。それで、ちゃんと勉強して、大学入って、就職します」

「それがいいよ」

「先生が胸を張って自慢できるような人間になります」

「もう十分自慢してるんだけどな」

肩にくっつけられた頬がさらに押しつけられ、それから甘えるように哲平は目を閉じた。無防備で、でも確かに期待もしていて、祭は苦笑したあと、心の中で母に謝り、そっと鼻先をその桜色の唇に押し当てた。

「これ以上は大学に入ってからね」

予想以上に照れ臭かったのか、哲平は口元を引き結んで、しっかりと頷いた。

「祭先生」

よく通る声で名前を呼ばれ振り返ると、教室の入り口で満面の笑みを浮かべた哲平が手を振っていた。

朝送ったメッセージを今の今まで既読スルーされていたのでほんの少しだけ不安に思っていたのだが、その顔を見てほっとした。

午後五時。教室にはまだ他の生徒は来ていない。

「おめでとう」と祭は両手を広げた。その腕の中に、周囲を見回して誰もいないのを確認してから、哲平が飛び込んでくる。

外の空気をまとった髪がひんやりと冷たい。温めるように強く抱きしめて、ゆらゆらと身体を揺らしていると、遠くのほうで足音がして、哲平が祭の身体を押し返した。離れていった温もりに不満げな顔をした祭に、哲平が掠めるようなキスをして、なだめるように腕をさすった。

「先生のおかげです」

そう言って、にんまりと笑う。

K大学法学部法律学科。それが哲平の受験した大学であり、そしてそこは祭の母校でもある。

つまり哲平は、ここに残ることを選んだのだ。あんなに実家を出たいと言っていたのに、クロとホーを置いて行くのはつらい、と今ではすっかり出て行くほうを嫌がっていた。そして気を遣わせるだろうからと遠慮しているのか口にはしないが、祭とも離れたくなかったのだろう。

だが、いろいろな理由があるとしても、K大を選んだのは決して妥協ではない。K大の法学部は全国的に見ても偏差値の高い学部で、ネームバリューもあるし、有名な教授も揃《そろ》っている。キャンパスは改装してまだ数年で比較的新しくきれいだし、食堂のメニューだって充実している。

難があるとすれば、哲平を知っている地元の人間がいることで、しかし哲平はそのことについてはもういいのだ、とはっきりと答えを出していた。

「何か言われたら、堂々と言い返すから。その自信を、先生がくれたから」

いつだったか、わかってくれる人にだけわかってもらえればいい、と言っていたときより、もっとずっと晴れやかな表情で哲平は言った。だから祭は素直に哲平がここに残ることを喜んだし、母にも楽にも、ある決意を伝えていた。

「よくがんばったな」

頭を撫でて、もう一度キスしたいな、と顔を近づけようと思ったところで、いよいよ騒がしい声が近づき、ガラッと勢いよく教室のドアが開いた。

「露崎先生こんにちはー」

「ちーっす」

有り余る元気を発散させるようなあいさつとともに入ってきたのは、受け持っている高校一年生たちだ。彼らは祭の隣にいる哲平に気づくと、誰？　と首を傾げた。祭は「またあとで」と哲平に囁き、背中を叩いて送り出した。今夜はデートの約束を取りつけている。

「先生、さっきのイケメン誰？」

哲平の姿が見えなくなってから、きゃいきゃいと女子のひとりがはしゃいだ声を上げた。

「俺の教え子第一号だよ。大学合格の報告に来てくれたんだ」

「マジ？　何大？」

「敬語を使え、敬語を。Ｋ大の法学部だよ」

「すっげー！」

イケメンという単語におもしろくなさそうな顔をした男子たちも、大学名を聴くと尊敬の眼差《まなざ》しで哲平の去っていった方角を眺めた。祭も鼻が高い。

「君たちだって、ちゃんとサボらずに勉強すればどこにだって行けるさ」

「えー、無理だよ。俺らバカだもん」

「ねー。塾来てるのに全然ダメだしね」

ひとりが笑いながら卑屈めいたことを言い、周りも同調するように頷いた。本人は軽く言えたつもりだろうが、その言葉に含まれる羨望だとか保身だとか本当は否定してほしいという願望だとか、そういうのが祭にはわかる。祭だってちょっと前まで彼らと同じだったのだから。

「バカだと思うならそう認めたうえでバカじゃなくなる努力をすればいい。バカだからって理由をつけて諦めるからバカになるんだよ」

行儀悪く机に腰かけ、その正面を尻尾でなぞる。その動きを、生徒たちが目で追った。そして祭の言ったことをほんの少しのあいだ、考える。素直に考える時間を持てるなら、彼らはきっと大丈夫だろう。

「ってか、塾来てるのにダメとか言われたら、俺の教え方が悪いみたいじゃないか」

「あ、そうか」

どっと笑いが起きて、それからそれぞれが席へと散らばっていく。

仕事はそこそこ順調で、今のところ予想していたようなクレームらしいクレームも入っていない。生徒も、生徒の保護者も、祭の容姿にはすぐに慣れ、日常になってしまえば世の中は思ったより祭に関心がないようだった。

それは多少色物扱いでやたら絡まれたりはするが、「イケメンだともてはやされるのと同じような仕組みだから。よって、露崎くんはイケメン枠」と塾長が祭を調子づかせたので、それはそれでよしとしている。どんな理由でも人気がないよりあったほうが絶対いい、というのがうちの塾の基本姿勢だ。

祭の他にも、癖の強い講師がたくさんいて、やたらと早口だったり挙動がおかしかったりするものの、授業はおもしろくわかりやすいので、授業を取りたがる生徒は大勢いる。

「あなたの容姿も、知性も、和を乱すのが苦手な性格も、全部が神様にもらったギフトです」

就業初日、塾長はみんなの前で祭にそう言った。

「持っているギフトをうまく利用して、私たちに力を貸してください。もちろん、私たちもそれぞれが持っているギフトで精一杯あなたをサポートします」

「ギフト、ですか」

手を伸ばし、塾長の前に差し出す。まだらな毛で覆われたその手を、彼女は強く握った。

「そう。与えられた、自分では変えられないもの」

「普通、そういうのって短所とか欠点って言うんじゃないですか？」

「何言ってるの、捉え方次第でしょう。悪いと思うから悪くなるんですよ。長所だと思って伸ばせば、いくらでもよくなりますよ。生徒にも同じように教えています」

「言葉巧みに」

「そう、言葉巧みに」

にやっと、だが悪くない不敵な笑顔で笑って、彼女はこう締めくくった。

「ようこそ、我が塾へ。今日からあなたも我々と同じ道化師です。生徒のために、自分のために、精一杯努めましょう」


仕事が終わったのは、午後十時を過ぎた頃だった。哲平はいったん家に帰ったあと、近くのファミレスで祭を待っていた。

「ごめん、遅くなった。補導されなくてよかったよ」

「先生、俺もう十八なんですけど」

「そうだった」

十二月末で哲平はすでに十八になっていた。そして今日、哲平は正式に塾を辞め、祭の生徒でもなくなった。それを意識すると、少しだけ目を合わせるのが疚《やま》しくなった。

「ご飯はもう食べた？」

「はい。母さんが張り切って夕飯を作ってくれたので」

「ああ、そうか。合格祝いだったんだ。ごめんな、家族で過ごしてるところに」

「ううん、会いたかったから、誘ってくれてうれしかったです」

半分ほど減ったコーヒーを一口啜り、それからさりげなさを装って哲平が訊いた。

「それにしても、仕事終わりに誘うなんて珍しいですね。夜に出掛けるなんて一年前の大晦日以来」

「ああ」

今年は受験シーズンだし風邪をひいちゃいけないからと、年末年始はそれぞれが家でおとなしく過ごしていた。

想いを伝え合ってから、一年と一か月が経った。母との約束どおり、祭と哲平の関係はまだ清いままだ。

「ちょっと話があって」

祭がそう言うと、哲平は不安そうに顔をしかめた。

「ああ、全然変な話じゃなくて」と祭は手を振った。緊張からぴくぴくと動く祭の耳に、哲平は半信半疑な視線を寄越す。

「じゃあどんな話？」

「まず、大学合格おめでとうございます」

「ご丁寧にありがとうございます」

テーブルを挟んで、祭たちは頭を下げ合った。畏《かしこ》まった雰囲気に慣れていなくて、頭を上げる頃にはふたりとも半分笑っていた。

「それから、もうひとつ」

祭は笑ったことで適度に解けた緊張をさらにほぐすように伸びをして、立ち上がった。

「何ですか？」

哲平が不思議そうに首を傾げた。

「そろそろ出ようか。一緒に来てほしい場所があるんだ」

「え？」

わずかに哲平の顔に動揺と期待が混じる。おそらくホテルにでも案内されると思ったのだろう。大学合格、夜の呼び出しとくれば、哲平がそう考えるのもわかる。

だが、祭は静かに首を振った。

「やらしいところじゃないよ」

「あ、そうですか」

落胆したように肩が下がったのを見て、祭は笑った。

哲平も健全な十代の男の子だ。恋人とそういうことをしたいという気持ちもわかるし、祭だってできることならそうしたい。ふたりを縛る条件は、もうないのだから。

「あ、でも、やらしいと思えばやらしいか」

「えっ、何なんですか、もう」

祭の意味深な言葉にそわそわと落ち着かない哲平を連れて、ファミレスを出ると繁華街とは反対方向に進んでいく。店も何もない静かな道を歩いて五分。

「ここだよ」と祭は二階建ての茶色いアパートを指差した。

「ここって、え？」

驚く哲平に手招きし、二階の一番奥の部屋へと歩いていく。そしてポケットから鍵を出し、ガチャリとロックを解いて扉を開けた。

「実は三日前からひとり暮らしなんだ」

「え？　実家出たんですか」

「そう。黙っててごめん。驚かせたくて」

電気をつけると、一瞬眩しそうに目を細め、哲平はやや緊張したように「お邪魔します」と祭に続いて中に入った。

「結構広いんですね」

当たり障りのない感想を言い、借りてきた猫のようにおとなしく祭の勧めるままクッションに座る。

「ココアでいい？」

「あ、はい」

祭は牛乳を鍋にかけ、そのあいだに寝室でスーツを脱ぎ、少し悩んで、いつものスウェットではなく、これからすぐにでも出掛けられるようなこじゃれた服に着替えることにした。ジーンズに若草色のネルシャツだ。まだだらしない格好を見せられるほど、慣れ切った関係ではなかった。

キッチンに戻ると、哲平が沸騰しかけていた牛乳の火を止めてくれていた。そして祭を見るなり、あっと声を上げた。

「裸足、初めて見ました」

「そうだっけ？」

「はい。俺の家に来るときは夏でもずっと靴下だったし、出掛けるときもサンダルとか絶対履いて来なかったじゃないですか」

他の箇所と比べて短く揃った毛並みと黒みがかった爪を、哲平はまじまじと見つめる。

「何センチですか？」

「三〇、にギリギリ届かないくらい」

「靴選ぶの大変そう」

「特注だよね、基本的に」

ふうん、と哲平が祭に近づいて、自分の足を祭の横にぴったりとくっつけた。そわっと尻尾の毛が逆立った。

「三センチくらいの差なのに、もっと違って見えます」

ね、と顔を上げて微笑んだその顔に、祭は素早く口付けた。驚いた哲平は、だがすぐに目尻を緩めて言った。

「やらしいと思えばやらしい。確かにそうですね」

「密室に恋人とふたりきりなら、そりゃあどこだってやらしくなるよね」

「合格祝い、もらっていいですか」と祭の鼻を噛みながら哲平が訊いた。

「哲平が望むものなら、何でも」と祭も哲平の唇を舐めながら答えた。

すっと短く息を吸って、哲平が言った。

「抱いてください、先生」

両手が首の後ろに回され、口付けが深くなる。

「ココアはあとだな」と祭が笑うと、茶化すなと言うように哲平が祭の耳を引っ張った。

そのまま寝室に雪崩《なだ》れ込み、着替えたばかりの服を脱ぐ。哲平のナイロンブルゾンを剝ぎ取り、黒のインナーをたくし上げると、ずっと想像していた桜色の乳首があった。

性欲を伴って初めて触れる他人の身体はひどく艶《なまめ》かしく、祭の思考を本能で塗りつぶしていこうとする。早く突っ込んで思うまま腰を振りたくなる。だが、相手は哲平だ。

——世界一大事で、かわいい、俺の恋人。

「やさしくする」と祭は自分に言い聞かせるようにつぶやき、ベッドに縫いつけた哲平の髪を梳いた。

「はい」

濡れた瞳で頷いて、哲平は自らインナーを脱ぎ去った。

やわらかさのない、男の身体。哲平に出会っていなかったら、自分は一生、男に欲情できるなど思ってもみなかっただろう。性欲以上に胸に溜まった愛しさを伝えるように、鼻先を哲平の額に押しつけた。そして唇を舐め、それを合図に薄く開いた口内へ、するりと舌を忍ばせた。

祭と比べて、哲平の口も舌も、ずいぶん小さい。愛しさ余って頭ごと口に含んで舐め回したい衝動をぐっと堪え、そうできない代わりにうんといやらしい手つきで哲平の身体をまさぐった。

「ん、」

自分の毛むくじゃらの身体とは違う、すべすべとした皮膚の感触。それを楽しむように指を滑らせ、胸の突起を弄《もてあそ》ぶ。

「……っ、あ、う」

哲平の息が上がり、堪えきれない喘ぎ声が零れ出す。存分に哲平の口を犯したあと、首筋を辿り、祭はぷっくりと存在を主張しはじめた乳首を食んだ。牙が当たらないよう気をつけながら、舌先で舐め回し、転がし、押し潰す。

「ん……、あ、あっ」

反対の胸も、揉みしだきながら時折爪で弾いてやると、だんだんと喘ぎも大きくなってきた。

「せんせ……っ、うっ、あ、ん」

縋《すが》るように祭の後頭部を掻き回し、身体をくねらせる。祭が腰を押しつけると、哲平の中心も硬くなっていて、間違いなく興奮しているのがわかった。苦しげにズボンを押し上げるそれにそっと手を伸ばすと、びくっと哲平の身体が跳ねた。

「いい？」

訊くと、恥ずかしそうに視線を逸らしたあと、はい、と消え入るような声で哲平が頷いた。

細身のズボンを下着ごと引き抜き、自分も身に着けていたものをすべて取り払う。興奮にすっかりそそり立っていた祭のペニスを見て、哲平が戸惑うようにごくりと喉を鳴らした。哲平のはと言うと、脱がしたときに脚を閉じてしまって、まだよく見ていない。

「怖い？」と祭が訊くと、哲平は首を振って、祭の傍ににじり寄り、形を確かめるようにそこに触れた。その指が冷たくて、ぴくりと先端が揺れた。

「想像以上です」

ゆるゆると哲平が祭の怒張を扱《しご》きはじめる。

「……っ」

気を緩めると、すぐにでも達してしまいそうになる。祭はグルルッと喉の奥で唸り、哲平の喉に噛みついた。

「う……っ」

もちろん本気で噛んだわけではない。しかし、急に突き立てられた牙に哲平が身体をすくめ、だが祭が謝るように舌を這わせると、またすぐに気持ちよさそうに喘ぎはじめた。

ぐっと体重をかけ、ベッドに仰向《あおむ》けに寝かせると、祭は哲平の膝を割り開いた。自分のと同じように立ち上がった哲平のペニスは、淡い陰毛に縁取られ、色の濃い先端から透明な蜜を零していた。

恥ずかしい、と哲平は顔を隠したが、却ってそれがたまらなく淫靡《いんび》で、祭は鼻息を荒くしてためらいもなくそこに顔を埋めた。

「あっ、先生、そんな、こと」

蜜の苦味が口に広がった。だがより一層匂い立つ哲平の体臭に、祭の興奮はますます高まり、いやいやと押し返す哲平の手を振り払い、ばくりとその全体を口の中に収めて吸い上げた。

「あああっ！」

弓のように哲平の身体がしなり、びくびくと痙攣《けいれん》する。それに構わず、口の中で震える芯を長い舌で包むように扱き、先端を容赦なく刺激していく。

「やだ、やめて、先生、せんせぇ……！」

出るから、と哲平の抵抗がさらに激しくなった。祭の顔を挟む内腿に力が入る。

「あっ、あっ、」

しかしそれでも祭が離さずにいると、嫌だと訴える口とは反対に、腰が淫らに揺れはじめ、一際高い声で鳴いたかと思うと、哲平は祭の喉奥に精を放った。

「……っ、はあっ、は、ごめん、なさ、」

先走りより粘ついた苦味が、口の中に広がる。精液なんて飲めるはずがないと思っていたが、案外平気で、祭はうろたえる哲平の前でそれをごくりと飲み込んだ。信じられない、という顔で哲平が目を見開いた。

「どうする？」と祭は訊いた。「今日はここでやめとく？」

哲平がちらりと祭の下腹部を見遣り、子どもがいやいやするように首を振った。

「先生はまだでしょ？　それに、俺言いましたよね、合格祝いに抱いてって。あれ、最後までって意味ですから」

「でも、初めてでいきなり俺のは、」となるべく呼吸を整えながら言う祭を遮って、哲平が祭のペニスに触れた。敏感になっている場所への刺激に、うっと息が詰まった。

「大丈夫です」

「いや、でも」

本当は、すぐにでも突き立てたい。哲平と繋がって、その最奥に種付けしたい。だが、そんなことをすれば哲平は確実に怪我《けが》をするし、気持ちよくだってないだろう。時間をかけてほぐしたとしても、経験のない祭には哲平を気持ちよくさせる自信もなかった。

理性と興奮が綯《な》い交ぜになってぐるぐる悩んでいると、痺《しび》れを切らしたのは哲平のほうだった。

「俺、慣らしてますから」

「え?」

意味がわからず訊き返すと、祭が引いたと思ったのか、哲平は恥じ入るように俯き、口を閉じた。

「ならす?」

もう一度訊くと、祭の太腿をバンバンと叩きながら、自白するように口を開いた。

「先生の、おっきいだろうなって思って、その、入るように練習したっていうか」

「ああ」

哲平が、俺のを想像しながら——頷いて、祭はその様子を脳裡《のうり》に思い浮かべた。半端ないくらい、股間にきた。ずくずくと脈打つそこに気づいた哲平が、決心したように息を吐いて、仰向けになるとゆっくり自ら股を開いた。

「祭さん」

「……っ」

ここにきて、それはずるい。

「煽《あお》られたら手加減できなくなる」

股間から脳までビリビリと興奮が駆け抜けて、心臓も痛いほどに高鳴っていく。

だが、慣らしてあるといってもすぐに入るようになるわけではない。はあはあと荒い息を吐きながら、それでも祭は指先を閉じた哲平の後孔にそっと宛がった。

ひくひくと蠢《うごめ》いてはいるものの、指先でさえなかなか呑み込もうとせず、とてもじゃないが祭の大きめな雄芯《ゆうしん》は入りそうになかった。

「ほんとに大丈夫？」

「ン、ローションがあれば」

実は持ってきてます、と哲平が言い、祭は急いで哲平の鞄からそれらしき使い切りのローションパックを取って来て封を開けた。

「こんなものまで用意して、期待してた？」

「そりゃ、俺だって男だし」

祭さんはそうじゃないんですか？　と訊かれ、ふっと祭は意地悪く笑った。

「俺だって考えてたよ。でも、哲平が少しでも嫌がるならやめようと思ってた」

「ノリノリですみません」

「いや、恋人がエロいって最高」

ローションを哲平の先端に垂らし、陰嚢《いんのう》を伝って尻まで流れたのをそのまま指で押し込む。

「……ふ、んんっ」

「痛い？」

「ううん、痛くないです。でも、人に触られたことないから、変な感じ……」

ローションの滑りで、ぐちょぐちょと卑猥《ひわい》な音を立てながら祭の指が哲平の中を出入りする。そのたびに艶めかしい声を上げ、哲平の呼吸がだんだんと浅く短くなっていく。

一本から二本に、そして三本目の指が難なく呑み込めるようになった頃には、祭の股間も限界を迎えていた。

「もうそろそろいいかな」

「丁寧すぎるくらい……、あ、もう、早く、早く繋がりたい、です」

「哲平……っ」

猛《たけ》り切った切っ先を哲平の白い太腿に擦りつけ、「入れるよ」と声をかけてからゆっくりと埋めていく。

「あ、ああ……っ！」

喉を反らせ、哲平が嬌声を上げる。縋るものを探すように、爪先がぎゅっとシーツを掴む。

哲平の中は、驚くほど熱くて、そして気持ちがよかった。

「ふ、うう」

気を抜いたら達してしまいそうな高揚感を往《い》なすように息を吐き、それからゆるゆると腰を振る。

細くくびれた亀頭で掘り進め、哲平の未知の感覚を拓《ひら》いていく。

「ん、んんっ、あ、あっ」

擦れる熱が、吐息が、哲平のすべてが、愛しさを生む。

「苦しくない？」

ううん、と額に汗を浮かべながら、哲平が首を振る。

「まつり、さんと、繋がれて、うれしい。好きです、世界で一番、祭さんが好き」

ずっと、我慢していた。哲平が自分の生徒じゃなくなるまで、一年ちょっと。キスだけでずっと。

もう我慢しなくていい。溢れ出る愛しさを、哲平に注ぎ込んでも構わない。

「哲平、俺も、好きだ」

ぐっと最後の一押しで、ばちゅんと互いの身体が隙間なく密着し、その衝撃に哲平がぎゅうっと祭を締めつけた。

「うっ、ああ、ん」

普通の人間にはない、ペニスの根元のこぶが、哲平の孔《あな》を限界まで押し拡《ひろ》げる。

「全部入った」

「……っ、はい」

恐る恐る、哲平が手を伸ばして接合部を触り、ふふっと微笑む。

「お腹、苦しいけど、あったかいです」

薄く口を開けて、キスを誘う。祭はその唇に吸いつきながら、窺うように腰を揺すった。

最初はきつそうだった哲平も、時間が経って馴染んでくると、祭の動きがもどかしくなったのか、ねだるように祭の腰に脚を絡めてきた。好きに動いて、と耳元で囁かれ、祭は謝罪するように哲平の首元を甘噛みすると、小刻みに動きはじめた。

胸が密着し、心臓の音が聴こえた。哲平が生まれてきてくれてよかったと、祭は泣きたいほどの喜びを噛みしめて、哲平の胎内に射精した。

とくんとくん、とリズムよく穏やかに鳴る祭の心臓の真上――ふさふさとまだらな毛の生えた胸に耳をつけた哲平が、少し疲労の残る声で言った。

「ずっと俺でいいのかって不安だったけど、今夜、やっと許された気がします」

「不安だったの？」

「祭さんが本当に俺に反応してくれるのか、正直わからなかったから」

「よくわかったでしょ」

サラサラの黒髪を撫でると、満足げな顔をこちらに向け、哲平が頷いた。いじいじと祭の胸毛をいじって、ふふっと笑う表情には、もう昔のような硬い膜はない。

「俺のほうが不安だったんだよ」と祭は言った。「普通の見た目じゃないから、哲平がほんとに俺に反応してくれるのか」

「よくわかったでしょう？」

同じように言って、哲平は、ちゅっと祭の鼻に口付けた。

幸せだ、と思う。

「ねえ、哲平」

「何ですか？」

祭は手を伸ばし、サイドボードにしまってあった鍵を取った。

「これ、合格祝いに」

受け取った哲平が、少し困ったように眉を下げた。

「越して来いとは言わないよ。ご両親にもまだ何も伝えてないし、きっと伝えても反対されると思う。男同士っていうのもだけど、俺が獣化症だから」

「それは、」

反論しようとした哲平の口をキスで塞いで、祭は続けた。

「子どもが困難な道に進むのをすぐによしとする親はいないよ。うちの母さんも最初はそうだった。今はもうすっかり俺の味方だけど」

「お母さんに話したんですか？」

「ああ。楽と一緒に、応援してくれてる」

ごめんなさい、と哲平は小さな声でつぶやいた。

「何が？」

「俺はまだ、両親に話す勇気がない」

わかるよ、と祭はあやすように哲平の頭を引き寄せた。

「今はまだ早いから。けど、それでも俺は、哲平といる時間を減らしたくもない。好きなときに好きなだけここにいてほしい」

そしていつか。話せる勇気が持てたとき、自分も一緒に謝りに行こうと思う。普通の家族が、普通に結婚を申し込むときのように。

大事な息子さんを奪ってすみません、僕が必ず幸せにします、と。

哲平がもぞっと動いて、祭の上から退《ど》いた。そして神聖な儀式でもするかのように、受け取った鍵に口付けて胸にぎゅっと押し当てた。祭も寝そべっていた身体を起こし、哲平に向き直る。

「哲平、俺と生きてくれますか」

「はい」

これ以上ないくらいの笑顔で、哲平が頷いた。

「やっぱり、指輪を買っとくんだった」

祭が尻尾でシーツを叩くと、「また今度。俺が就職したら、俺から贈ります」と哲平が言った。

「待ってる」

毛むくじゃらの手を伸ばし、哲平のかたい身体を抱きしめる。

ギフト、と祭は塾長に言われた言葉をふと思い出した。

自分では変えられない、神から与えられたもの。本来は特別な能力のことを言うらしいが、祭は塾長の言った意味のほうが好きだな、と思う。

そして与えられた者のことを、ギフテッド、と言うらしい。

祭に与えられたのは、この獣化症と、そしてきっと、同性愛というギフトを与えられた哲平というパートナーなのだろう。

哲平は、代えられないギフトだ。

「祭さん？」

にやついた祭の気配を察し、不審そうに身体を離すと、哲平が眉を寄せた。

「ううん、もう遅いし、そろそろ寝ようか」

覆いかぶさって、くすぐったそうに身を捩る哲平をベッドに縫い止める。

この日常がずっと続きますように。

そう祈りながら、祭は目を閉じて幸せの甘い匂いを吸い込んだ。

恋は思案の外

家に帰って玄関を開けた途端、甘ったるい匂《にお》いが充満していて、楽《がく》は思わず顔をしかめた。

ババアはまだ仕事中のはずだし、と匂いの発生源らしいキッチンを覗《のぞ》くと、案の定昨年ひとり暮らしを始めたはずの兄——祭《まつり》が尻尾《しっぽ》を振りながら何やらガチャガチャとボウルの中身を掻《か》き回していた。尻尾を振りながら、というのは比喩でも何でもなく、事実、楽の兄には立派な耳と尻尾が生えている。いわゆる獣人というヤツだ。

「何やってんだよ」

「ああ、楽。おかえり」

近づいて毛むくじゃらの兄の手元を見ると、ところどころ固形の混じった茶色い液体がドロドロに溶かされていた。チョコレートだ。これを一体どうするつもりだ、とは訊《き》かなくてもわかった。なぜなら季節はもうすぐバレンタインで、兄には付き合っている恋人がいるからだ。そこから導き出される解答はつまり——。

「哲平にあげるガトーショコラを作ってるんだけど、楽のぶんもあるから安心しろよ」

……やっぱり。

だらしない顔でそう言い放ち、兄は鼻唄《はなうた》を歌いはじめる。付き合って二年が経《た》つというのに、未《いま》だにふたりは砂糖を吐きそうなほどラブラブだ。

「どうしてここで作ってんだよ」

「アパートでやると匂いでバレるだろ。あっ、哲平《てっぺい》には内緒にしといてくれよ。当日サプライズで渡したいから」

「言わねーよ」

ちなみに、兄の彼氏である宇野《うの》哲平と楽は同い年で、ついでに言うと大学も一緒だったりする。学科こそ違うが、同じ講義も取っているし、たまに昼食も一緒に食べたりするくらいには仲がいい。友達、というのとは少し違って、それよりも身内に近いというか、兄婿《あにむこ》（この表現が正しいのかは知らない）という感じだ。

「楽は今年もたくさんもらえそうか？」

今度はメレンゲを泡立てながら、兄が訊いた。

「いや、断るし」

「お前も律儀だね」

ぴくぴくと耳を動かし、兄は笑った。そして続ける。

「愛《あい》ちゃん、がんばってるぞ」

「おー」と楽はむず痒《がゆ》くなって首の後ろを掻いた。

愛は楽のひとつ下の高三で、一応楽の彼女だ。兄の働いている塾に通っていて、県内の女子大を目指している。

去年のバレンタインのとき、楽が他の女からチョコレートをもらったのを知っても、愛は何も言わなかった。それどころか楽の代わりにホワイトデーのお返しまで用意してくれて、だが、それが愛の嫉妬《しっと》だったと気づいたのは、楽の受験が終わったあとのことだった。

ホワイトデーのあと、お返しを渡した子から写真つきのラインが来て、楽は真相を知った。愛はわざわざ「義理」や「ごめんなさい」と書かれたマシュマロを用意していたのだ。これから筆記試験が控えていた楽に拗《す》ねた姿を見せて煩《わずら》わせたくなかったから、ぐっと堪《こら》えて、彼氏のためにお返しを用意する気配りのできる彼女を演じながら、じわじわと怒りを放出させていたというわけだ。だから今年から、楽は愛以外からチョコをもらわないことにした。

「合格したらお祝いしないとな。母さんも愛ちゃんのこと、家に呼びたがってるし」

いつまでもにやにやしている兄が腹立たしくて、チッと舌を鳴らす。

「行儀悪いぞ」と兄が気を悪くしたふうでもなくひょうひょうと注意したのがさらにムカついて、何かないかと思考を巡《めぐ》らす。そしてバレンタインで思い出したことを口にした。

「そういえば、宇野って結構モテるんだよな。よく女たち侍らせてキャンパス歩いてるの見るわ。もしかしたら今年はチョコいっぱいもらうんじゃね？」

からかい半分で楽が言うと、兄はふっと鼻を鳴らした。楽に呆れたようにも、馬鹿にしたようにも聴こえた。そして案の定、言う。

「去年は俺が生徒にもらって哲平が拗ねたから、今年はもらったチョコはお互い報告し合って一緒に食べる約束をしています」

「うっわ」

「お返しも一緒に選ぶ約束」

「うーわ」

砂糖通り越してねとねとの水あめ吐きそう。たまに喧嘩したとか宇野から聞くことはあるが、大抵が楽からしたら取るに足らないバカップルの戯言《ざれごと》だ。

――でも、まあ、よかった。

楽は胸焼けを起こしそうな空気をしっしと手で払い、冷蔵庫を開けた。コーラのペットボトルを取り出し、コップに注がずに直で飲む。心地いい炭酸が喉《のど》を滑り落ち、ため息をついたあと、楽は言った。

「相変わらず仲がよろしいことで」

恋愛を諦《あきら》めていた兄が、こうして幸せそうに惚気ているのを見ると、多少ウザいが、やっぱり心の底からよかったと思う。

父親が突然死んでしまったように、その幸せが永遠に続くとは限らないが、少なくとも兄が自分の可能性を信じられるようになったのは間違いない。宇野もいいヤツだし、ふたりができるだけ長く続けばいいと思う。

「愛の受験が終わったらさ、宇野もここに連れてきて一緒にお祝いしようぜ」

楽が言うと、兄は一瞬驚いた顔をして、それから口を開けて笑った。満面の笑みだった。

「ああ。寿司でも取るか」

兄の手の中で、メレンゲがどんどん固まっていく。

料理は昔から得意だったが、菓子を作っているのを見るのは初めてだな、とふと気づく。大柄な狼がかわいらしいケーキを作っているのは、どことなくシュールだ。

「恋だなぁ」と思わずつぶやきが漏《も》れた。

「え？　お前の話？」

「ちげぇよ。兄貴だよ。似合わないことしちゃってさ」

「似合わないか？」

「うん。俺がオリーブオイルでクッキングとか言っちゃうくらい似合わない」

「でも、この見た目でお菓子作りが得意ですって言ったら、人気度上がるよって塾長に言われたんだけど。ギャップ萌《も》えってヤツで」

「ギャップ萌え」

その単語に、白目をむいて口を歪める。塾講師が人気商売なのはわかってはいるが、授業内容と関係ないところまでプロデュースしないといけないのはどうなのだろう。

「いいのかそれで」

心配になって訊くと、しかし兄は不思議そうに首を傾げた。

「なんで？　別によくない？　利用できるものは利用したって」

「それはそうだけど」

一時期、兄は自分の容姿で荒れていたときがあった。

兄が中学生で、楽はまだ小学生の低学年くらいだったが、あの頃《ころ》はすぐに唸《うな》るわ威嚇《いかく》するわで近づくのも大変だった。でもまだ父が生きていて、荒れる兄を辛抱強く受け止めてくれていた。

そのあと、兄の乱心は高校に上がる頃には落ち着いたが、その代わり兄にはしっかりと諦め癖がついていた。

自分がこんなのだからしょうがない。理解されなくても別にいい。

表面上は穏やかでも、楽はそんな兄がもどかしかった。

それが今や、だ。

その容姿をアドバンテージに変えて、逞《たくま》しく生きている。これも宇野のおかげだと思うと、本当に、心臓のあたりがざわざわと甘酸っぱくてしょうがない。人間変われば変わるものだ。

こうして話しているうちにも、着々とガトーショコラが出来上がっていく。いつの間にかメレンゲがチョコと混ぜられ、とろとろと型に流し込まれていた。あとは焼くだけ、らしい。

「コーヒー飲むか？」とオーブンをセットした兄が訊いた。

「ああ」と楽が返すと、ケトルでお湯を沸かしはじめる。なぜだか無性に愛に会いたくなった。

「豆、俺が挽《ひ》くよ」

兄の手からミルを奪い、モカシダモを二杯分入れる。ぐるぐるとレバーを回すと、豆の匂いが強く漂ってきた。

「ホワイトデー、俺も愛に何か作ろうかな」

ふっと兄が笑った気配がした。

「恋ですなあ」

あとがき

はじめまして、寺崎昴《てらさきすばる》と申します。このたびは拙作をお手に取っていただきありがとうございます。

小さな頃から獣人が好きで（おそらく小学校低学年のとき、兄がやっていたゲームに出ていたピンク色の猫耳少女に一目惚れしたことがきっかけだったように思います）、獣人がいる世界線についてたびたび妄想を繰り広げるような子どもでした。

大人になってから妄想はより具体性を帯びはじめ、私たちの住んでいるこの世界に獣人がいたら、彼らはどういう扱いを受け、どんな問題を抱えることになるのだろう、というところまで広がっていきました。そしてある日、ふと書いてみようと思い立ち、こうして獣人ＢＬを書くようになりました。

しかし獣人モノと言いながら、主人公の祭が抱えるコンプレックスや劣等感は、獣人独特のもののようで実は誰にでも当てはまるような普遍的なものだと思っています。哲平のコンプレックスも然り。人には大小様々なコンプレックスがあって、それを克服するのはなかなかに大変なことです。克服しないまでも、祭たちのように、それらと折り合いをつけたり落としどころを見つけたりするのすら、人によってはかなりの労力です。かく言う

あとがき

私も比較的後ろ向きな性格なので、執筆当時どうしたら前向きになれるのか、かなり葛藤していたように思います。

拙作を読んで、皆様の悩みが薄くなれば、とはとても言えませんが、代わりに祭の存在を少しでも身近に感じていただけたら、また、これを機に獣人を好きになっていただけたらうれしいです。

そして、笠井《かさい》あゆみ先生におかれましては、素晴らしいイラストで祭や哲平に命を吹き込んでくださり、感謝の念に堪えません。ラフの段階で、すでに嬉しくて跳ねまわっていましたが、完成したイラストを見た瞬間、思わず天を仰ぎ万物に感謝致しました。本当にありがとうございました。

今回、のびのびと好き勝手に書いたものをこうして世に出していただける機会を与えてくださった編集部様（特に担当M様）、この本に関わってくださったすべての方々、大変な世情の中尽力していただき、ありがとうございました。

そして支えてくれた家族、親友たちには特別の感謝を。

読んでくださったあなたには最大級の感謝と尊敬と祝福を。

お手紙などで感想をいただけると光栄です。ではまたどこかで。

令和三年三月　寺崎 昴

将軍様は溺愛中

しょうぐんさまはできあいちゅう

朝霞月子

イラスト：兼守美行

本体価格870円＋税

異国出身ながらその実力と功績から「三宝剣」と呼び声高い寡黙な将軍ヒュルケンと、元歌唱隊所属の可憐な癒し系少年・フィリオ。穏やかな空気を纏う二人は、初心な互いへの想いを実らせ、紆余曲折の「仮婚」を経て、めでたく結婚！　誰にも二人の邪魔はできない、甘々蜜月満喫中！　幸福の絶頂！！——のはずが、そんな穏やかで愛しい時間はどこへやら、ヒュルケン多忙＆様々な障害発生で、一緒に居ることすら難しくて……？　フィリオを独占したいヒュルケンの熱い想いは、無事成就するのか……!?　【愛が重すぎる旦那様 × 癒し系幼妻】の、甘々新婚ファンタジー♡　待望の続編が登場！

リンクスロマンス大好評発売中

アドレアの祝祭
～聖獣王と幸運の番～

あどれあのしゅくさい～せいじゅうおうとこううんのつがい～

宮本れん

イラスト：サマミヤアカザ

本体価格870円＋税

清らかな歌声で動物たちに愛されるアンリは、両親を亡くし、一人健気に暮らしていた。ある日、大雨の森で道に迷うジークフリートを助け、一晩を語りながら共に過ごしたアンリは、高貴な身分なのに優しく真摯な彼に、次第に心惹かれていく。しかしそれも一夜限りと寂しく思っていたアンリだが、数日後、突然王城へと招待される。実はジークフリートは国を治める王子で【真の聖獣王】に最も近いといわれる、サーベルタイガーの獣人王候補だったのだ。アンリこそが長年探し求めていた唯一無二の運命【幸運の番】の相手だという彼に、番になってくれと求められたアンリは——？

最後の王と最愛オメガ《さいごのおうとさいあいおめが》

秀 香穂里
イラスト：小禄

本体価格870円+税

カフェに勤めるオメガの里央は、ある日フリーマーケットで見かけた西洋の古い肖像画に魅入られ、購入を決意する。そこに描かれていたのは金髪碧眼の美麗なアルファで、里央は肖像画の貴公子に一目惚れしてしまった。その夜、里央は夢の中で肖像画の君・クラウスと出会う。夢の中には、オーエリンという国が広がっていて、クラウスはその国の若き王らしい。その後も里央は眠るたびクラウスと甘い逢瀬を重ねたが、夢の世界だと思っていたオーエリン王国は実は数百年前に実在した小国で、さらにクラウスの治世で滅び、その時、彼は自害したとされていて……？

リンクスロマンス大好評発売中

清らかな雪は白金の狐の愛にとける《きよらかなゆきははくきんのきつねのあいにとける》

村崎 樹
イラスト：カズアキ

本体価格870円+税

祈祷や呪術を家業とする八尾家の長男・雪華は、跡取りでありながら霊力が弱い、落ちこぼれ気味の呪術師見習い。そんな雪華を幼馴染みの妖狐・焔はいつも助け、雪華も年上の焔を兄以上の存在として慕っていた。並外れて霊格の高い焔は稲荷神の眷属へと請われるが、雪華のそばにいるために、使役獣「管狐（くだぎつね）」となる道を選ぶ。しかし、管狐は男女の番で主人に仕えなければならず、美しい少女・鈴蘭と夫婦となった焔の姿を目の当たりにした雪華は、自分が焔に恋していることを自覚してしまうけれど……!?

LYNX ROMANCE

イラストレーター募集

リンクスロマンスでは、イラストレーターを随時募集いたします。

リンクスロマンスから任意の作品を選び、作品に合わせた
模写ではないオリジナルのイラスト（下記各1点以上）を描いてご応募ください。
モノクロイラストは、新書の挿絵箇所以外でも構いませんので、
好きなシーンを選んで描いてください。

1 表紙用 カラーイラスト

2 モノクロイラスト（人物全身・背景の入ったもの）

3 モノクロイラスト（人物アップ）

4 モノクロイラスト（キス・Hシーン）

募集要項

＜応募資格＞

年齢・性別・プロ・アマ問いません。

＜原稿のサイズおよび形式＞

◆Ａ４またはＢ４サイズの市販の原稿用紙を使用してください。
◆データ原稿の場合は、Photoshop（Ver.5.0 以降）形式でＣＤ－Ｒに保存し、
出力見本をつけてご応募ください。

＜応募上の注意＞

◆応募イラストの元としたリンクスロマンスのタイトル、
あなたの住所、氏名、ペンネーム、年齢、電話番号、メールアドレス、
投稿歴、受賞歴を記載した紙を添付してください（書式自由）。
◆作品返却を希望する場合は、応募封筒の表に「返却希望」と明記し、
返却希望先の住所・氏名を記入して
返送分の切手を貼った返信用封筒を同封してください。

＜採用のお知らせ＞

◆採用の場合のみ、６カ月以内に編集部よりご連絡いたします。
◆選考に関するお電話やメールでのお問い合わせはご遠慮ください。

宛先

〒151-0051 東京都渋谷区千駄ヶ谷４－９－７
株式会社　幻冬舎コミックス
「リンクスロマンス　イラストレーター募集」係

この本を読んでの
ご意見・ご感想を
お寄せ下さい。

〒151-0051
東京都渋谷区千駄ヶ谷4-9-7
(株)幻冬舎コミックス　リンクス編集部
「寺《てら》崎《さき》 昴《すばる》先生」係／「笠《かさ》井《い》あゆみ先生」係

リンクス ロマンス

ギフテッド～狼先生は恋をあきらめない～

2021年2月28日　第1刷発行

著者……………寺《てら》崎《さき》 昴《すばる》
発行人…………石原正康
発行元…………株式会社　幻冬舎コミックス
〒151-0051　東京都渋谷区千駄ヶ谷4-9-7
TEL 03-5411-6431（編集）
発売元…………株式会社　幻冬舎
〒151-0051　東京都渋谷区千駄ヶ谷4-9-7
TEL 03-5411-6222（営業）
振替00120-8-767643
印刷・製本所…株式会社　光邦
検印廃止

ISBN978-4-344-84816-0 C0293
Printed in Japan

幻冬舎コミックスホームページ　https://www.gentosha-comics.net